Die Begegnung in der Bar
(die nichts änderte)

Nathanael Merten

BAR

Ich sage die Worte

Ich sage die Worte, die schon so viele vor mir gesagt haben.

Ich sage die Worte, mit denen so viele Filme, Bücher und Kurzgeschichten beginnen oder ebendarin vorkommen.

Ich sage es:

Ich hasse meine Arbeit.

Jeden Tag der gleiche Quatsch. Aufstehen, wenn man nicht aufstehen will. Arbeiten, wenn man nicht arbeiten will. Schlafen gehen, wenn man noch nicht schlafen gehen will.

Ich will einfach nur meine Ruhe, aber ich bekomme sie nicht. Ich bin ja gar nicht mal gegen das Arbeiten, soll ruhig jeder für das, was er zum Leben braucht, arbeiten. Aber warum muss man immer in die Arbeitsform gepresst werden? Kann man nicht einfach auf eine nette Art und Weise sein Geld verdienen?

Aber nein, lieber arbeitet man für nichts und wieder nichts.

Manchmal ist die Arbeit gar nicht so schlecht. Aber ich würde lieber etwas anderes machen.

Schon seit Jahren habe ich das Gefühl, ein Typ zu sein, der irgendwann mal alles hinschmeißt und keinen Bock mehr hat.

Du kannst es nicht ändern, sage ich mir. Du willst es nicht ändern!

Schau dich um, so schlecht hast du's gar nicht. Du gehörst zu den 20 Prozent der Welt, die Internet hat, und zu den 5 Prozent, die mit einem so hohen Standard leben können.

Ach! Ich trinke aus, knalle mein Glas auf den Tisch. Ich schlage noch einmal demonstrativ mit der Faust auf den Tisch, um den Gedanken zu untermauern. Was soll's! Morgen geht's weiter! Zu früh aufstehen, zu spät heimkommen. Wuhu!

Filmreif, filmreif, denke ich mir. Niemand ist im Raum, aber ich untermale meine Gedanken theatralisch.

Herr Professor, gehen Sie schlafen, sage ich mir. Irgendwie hätte ich noch Lust darauf, mein Glas an die Wand zu werfen. Einfach so. Als Zeichen meines Unmuts. Meiner morgen wieder auftretenden morgendlichen Melancholie.

Die morgendliche Melancholie

Irgendwann bringt mich mein Wecker noch um. Nein, ich meine nicht den ersten, der in 40 Zentimeter Abstand zu meinem Kopf auf dem Nachtkästchen klingelt. Ich meine den zweiten, der klingelt, sobald ich den ersten zuerst mit der Nachweckfunktion und nach der Nachweckfunktion mit der Alarm-Aus-Funktion abgestellt habe. Der zweite Wecker steht auf meiner Kommode, die ca. fünf Meter von meinem Bett entfernt ist, bereit, um mich im „Fall der Fälle" – bedauerlicherweise ist das jeden Tag –, falls ich meinen ersten Wecker, weil mich die Bettdecke in ihrem Bann gefangen hält, „ausversehen" selbst nach der Nachweckfunktion ausmachen sollte ohne aufzustehen. Super sind dann natürlich die Tage, an denen ich den zweiten Wecker ausmache und einfach weiterschlafe. Wie wunderbar – dann komme ich später in die Arbeit und kann erst später nach Hause fahren. Mittlerweile setze ich mich meistens noch ein paar Minuten auf den Boden und lehne mich an die Kommode, sobald ich den zweiten Wecker ausgemacht habe. Oh wie er mich nervt. Eines Tages fliegt er raus, denke ich mir jeden Früh. Natürlich meine ich das nicht so. Aber er nervt einfach. Er muss nerven. Ich selbst bringe ihn schließlich dazu.

Der Automatismus beginnt. Für die Arbeit fertig machen und dann auf die Arbeit fahren.

Ich komme bei der Firma an, stemple und ab geht's. Willkommen in der Hölle. Hier dürfen Sie den ganzen Tag verbringen. Von Langeweile über Lustlosigkeit und schlechtem Kaffee bis hin zu Müdigkeitsanfällen haben wir alles zu bieten! Harharhar!

Kennt man das? – man will nichts sehnlicher als eine bestimmte Sache. Im Mittagsloch ist das immer Schlafen. Da würde ich gerne kündigen, nur um Mittag meinen Schlaf nachholen zu können, den ich nachts nicht gehabt habe. Ja nicht haben konnte!

Einer dieser Abende

Und dann war es irgendwie schon wieder einer dieser Abende. Ich dachte mir: Lege nach dem irgendwie anstrengenden Tag noch was ein, was du magst, und hau dich vor den Fernseher. Das tat ich dann auch. Aber danach hatte ich einfach noch Lust ein paar Folgen einer meiner Lieblingsserien zu schauen, die ich eh schon alle kannte. Darauf hatte ich einfach Lust. Also blieb ich auf der Couch liegen, machte mir noch ein Bier auf und legte ne Folge ein. Danach war ich immer noch lustlos. Leicht deprimiert (warum auch immer). Ich wollte einfach rummelancholieren und noch ein bisschen Bier trinken. Alles scheint manchmal so traurig zu sein. Ich surfte noch ein bisschen im Internet. Irgendwie musste ich an sie denken. Sie war eine frühere Kollegin von mir, mit der ich einige Projekte umsetzte. Und es ist komisch. Eines Tages schrieben wir uns mal ein paar Emails, als wir schon nicht mehr in der gleichen Firma arbeiteten. Ich bin mir sicher: Sie hat es gespürt. Irgendwas war da zwischen uns. Aber sie wollte es sich wohl nicht eingestehen.
Ich saß also biertrinkend und surfend rum und dachte nach. Das war auch nicht die Erste, die sich so komisch verhielt. Denn das Komische an ihr war, dass sie sich danach nicht mehr meldete. Wir spürten es doch beide! Hätte sie

wirklich etwas verloren, wenn sie einem traurigen Clown gesagt hätte, dass sie ihn wirklich mag? Lieber brach sie den Kontakt ab, bevor ich sie mit meiner Sehnsucht anstecken konnte.

Ich wusste gar nicht, wie ich am nächsten Tag produktiv sein sollte.

Wer weiß das schon. Wahrscheinlich nur ich. Die anderen sind einfach unproduktiv ohne es zu merken. Wie gemein Herr Doktor, sagt mein Gehirn zu mir.

Bin ich wirklich so überdurchschnittlich, wie ich mich fühle?

Ich

Ich bin die Generation, die aus kostenlosen Newslettern von professionellen Dating-Coaches erfahren hat, wie man Frauen ansprechen muss, wie man ein Gespräch mit Frauen in Gang hält und wie man die Telefonnummern von Frauen bekommt. Alles dreht sich um Frauen. Um was soll es auch sonst gehen?

Vielleicht war es auch nicht meine ganze Generation, sondern nur ich. Ich und die Generation, die schon alles, was es überhaupt an Frauen zu sehen gibt, aus dem Internet kennt. Mein Gott, ich glaube, dass vor zweihundert Jahren ein alter Mann nicht so viel gesehen hat wie heute ein 15-Jähriger. Und wahrscheinlich hat er auch nicht annähernd gewusst, was man mit Frauen alles machen kann, als es der 15-Jährige weiß.

Traurig? Skandalös? Gottlos? Ich weiß es nicht.

Ich sitze hier und denke nach. Werde wieder leicht melancholisch. Wie gestern. Die Jahre vergingen und der Tod wartet. Bier macht es ein wenig erträglicher.

Ich glaube, ich sollte noch in eine Bar gehen.

Ich mag große Städte

Ich mag große Städte. Nicht immer die gleichen Nasen, die man sieht.

Den Barkeeper kenne ich gut. Ein guter Junge. Einmal das Übliche? Klar Mann.

Es ist wie in einer schlechten Barszene eines US-amerikanischen Films.

Doch nur ich scheine es zu bemerken.

Über der Bar ist ein Club. Wenn ich ausgetrunken habe, werde ich noch nach oben schauen. Das war der Plan.

Geht auf's Haus, sagt er, und stellt mir 'nen Kurzen hin. Sehr nett.

Ein guter Junge, repetiere ich in Gedanken. Für wen eigentlich, wenn nur ich es „höre"?

Meine Gedanken bringen mich irgendwann nochmal um.

„Und mein Freund, geht's gut?", sage ich zum Barkeeper.

„Passt schon, der übliche Stress mit mir und meiner Alten...."

„Tut mir leid zu hören", sage ich. „Mach dir dein Leben mit unwichtigen Problemen nicht schwer. Und lass uns mal einen Kaffee trinken geh'n, wenn du jemand zum Reden brauchst."

Er grinst mich an und sagt: „Weißt du, ich glaube, *du* hättest mit ihr schon lange Schluss gemacht. Die würde dich nämlich aber sowas aus deiner Ausgeglichenheit bringen..."

Er spricht weiter, aber etwas hallt in meinem Kopf. Ich höre den Dating-Newsletter-Coach motivierend in mein Ohr schreien: „Du kennst das doch! Deine Freunde, die in unglücklichen Beziehungen stecken und ich zeige dir den einfachen Ausweg. Achte auf genau fünf mögliche Warnsignale bei einer Frau und wenn sie mindestens zwei davon hat: Lass die Finger von ihr! Die Beziehung würde der Gang durch die Hölle werden, weil sie durchgeknallt und krankhaft eifersüchtig ist. Weil ich nicht aufs Geld aus bin, nenne ich dir zwei Warnzeichen, die anderen drei findest du in meinem

Buch, das du über den Link unten gleich als eBook runterladen kannst. Also pass auf, das sind die Warnzeichen..."

Ich habe noch das PayPal-Zeichen vor meinem geistigen Auge, während mir Trivialitäten erzählt werden, die Beziehungen dominieren.

„Ich gebe dir einen Rat: Mach, was dich glücklich macht", sage ich zum Barkeeper.

Der Spruch zieht immer. Er macht die Leute nachdenklich, auch wenn er nahezu keinen Tiefgang, geschweige denn eine Aussage hat. Denn macht ihn seine unglückliche Beziehung nicht in gewisser Weise glücklich, weil seine Freundin nur in diesem Inklusiv-Paket erhältlich ist?

Ich ging also noch in den Club nach oben. Eigentlich war das einzige Ziel, Mädelz anzusprechen. Sogar meinen Drink wähle ich nach dem aus, was am besten bei einem Mann aussieht.

Ich hole meinen Drink und schaue auf die Tanzfläche.

Fünf Mädelz tanzen mit sich selbst und zwei betrunkene Nerds sitzen in der Ledercouch-Ecke und versuchen cool rüberzukommen. Jungs, meint ihr wirklich, dass das was bringt, außer dass die euch auslachen?

Ich schaue also zu den Mädelz hinüber und sehe sie nur von hinten. Ich muss mir einen Plan überlegen. An der Bar ist auch ziemlich tote Hose. Naja, ewig werden die ja wohl nicht tanzen, ohne was zu trinken zu holen.

Ich finde mich in einem interessanten Gespräch wieder. Mit dem Finger zeige ich auf jemand, der sich mit mir unterhält und sage: „Ergo das ist das Problem. Fällt es dir nicht auf? Merkst du es etwa nicht?" Theatralisch strecke ich die Arme auseinander, ein Whiskey in der rechten Hand. „Das ist es: Wir zermartern uns den Kopf wegen unwichtigem Scheiß - aber das, was uns wirklich faszinieren und vorwärts bringen könnte, lassen wir außen vor."

Und da kommen sie. Mir gefällt nur eine der fünf. Ich werde sie ansprechen. Mein Gesprächspartner steht da und sieht sehr nachdenklich aus, ohne etwas zu erwidern.

„Hey, nettes Oberteil, ich mag volle Farben." Volle Farben klang blöd; als ob sich die Farbe weggesoffen hätte.

Sie grinst mich an. Anscheinend weiß sie nicht, was sie sagen soll.

Doch das bringt mich nicht aus der Ruhe. Schließlich wurde ich von Dating-Coaches um so viele Frauen gebracht, nur um sie jetzt ansprechen zu können.

Ich ergänze nach einer kurzen Pause: „Aber deine Schuhe hättest du ruhig etwas passender wählen können."

Sie sieht mich ganz entgeistert an, sie wird sauer. Sie wird wohl nicht drauf einsteigen. Danke lieber Dating-Newsletter. Und wieder versaust du mein Leben.

Sie sagt gar nichts. Sie nimmt die drei Flaschen vom Barkeeper und geht. Was soll die Scheiße hier überhaupt.

Ich zahle und gehe auch.

Aber raus von hier. Bitte gib mir noch ein Bier für den Weg. Für den Weg nach unten.

Endlich wieder bei normalen Menschen. Mein Kumpel hinter der Bar ist auch noch da. Bitte mach mir schnell ein Pils.

Nach einem großen Schluck schaue ich mich um. Auch hier ist nichts abzustauben.

Aber ich mag große Städte. Noch 100 Bars warten auf mich und habe noch nie bis zur 100. warten müssen, bis ich eine interessante Frau kennengelernt habe.

Der nächste Tag war schrecklich. Ich musste ständig Mentholkaugummis kauen, um in der Arbeit nicht auffällig zu wirken. Ich war verkatert und hatte keine Lust zu arbeiten.

In jeder Minute wünschte ich mir, endlich nach Hause zu können. Ich freute mich darauf, mich mit einem Pfefferminztee vor den Fernseher zu knallen und gemütlich endlich einzuschlafen.

Als ich dann zu Hause war, machte ich mir erstmal ein Bier auf.

Eine Geschichte

Erzähle mir eine Geschichte. Ich will eine Geschichte hören. Ich möchte eine Geschichte hören. Eine Geschichte, die mir eine andere Welt zeigt. Eine Geschichte, die die Sehnsucht in mir anspricht. Wir sind kleine Kinder. Vielleicht ist es das, was das Menschsein ausmacht. Früher waren es Mama oder Papa, heute ist es der Fernseher. „Und aus diesem Grund lieben Frauen Geschichten. Wenn du gut erzählen kannst, kommst du bei Frauen immer gut an", sagt der Coach.

Sie ist das Größte für mich

Kennt das nicht irgendwie jeder? Da ist genau eine Person, die man einfach umwerfend findet. Man wird schon bei dem Gedanken ganz nervös, dass sie in der Nähe sein könnte. Man ist in sie verliebt, obwohl alle Karten bei ihr schon lange verspielt sind. Man träumt von ihr, auch wenn sie sich noch so wenig für einen selbst interessiert. Man sieht mit so großer Sehnsucht in ihre tiefen, schönen Augen, auch wenn sie schon lange verheiratet ist. Sie ist einfach das Größte für mich.

Doch das ist noch lange nicht alles:

Ein echter Mann liebt viele Frauen

Und damit meine ich noch nicht mal Parallelbeziehungen, Promiskuität oder Polygamie. Die Eine liebe ich, obwohl ich mir mit ihr niemals eine Beziehung vorstellen könnte. Aber ich liebe sie. Nicht auf allzu romantische Weise. Eine ganz bestimmte Sache an ihr ist einfach toll. Auch wenn sie vielleicht bestimmte andere Dinge an sich hat, die sie „nur" zu einer Freundin machen. Dennoch liebe ich sie.

Also lenkt man sich immer wieder von seiner verflossenen Traumfrau durch eine andere Frau, die man in gewisser Weise liebt, ab und hat einen netten Abend mit ihr. Und freut sich, wenn man eines Tages zu ihrer Hochzeit eingeladen wird und vor anderen als „einer meiner besten Freunde, mit dem ich schon so viel erlebt habe" vorgestellt wird.

Du denkst schon wieder viel zu viel. Schenk dir lieber noch ein Glas Sprite ein und mach was Produktives.

Jemand, der sich über die Welt lustig macht

Es mag komisch klingen, doch wenn jemand von bestimmten Dingen, die manche depressiv machen, erzählt – z.B. im Aufzug – stehe ich oft daneben und lächle innerlich (leider auch öfter mal äußerlich). Anscheinend wollen manche die Aufregung, das Ablästern, die Angst vor lächerlichen Dingen, wie bspw. dass jemand sauer auf einen sein könnte. Die Leute stehen drauf. Sonst müssten sie sich ja noch ernsthafteren Dingen widmen. Also stehe ich im Aufzug neben solchen Leuten und grinse innerlich. Da ist dann z.B. der Nachbar, der sie jetzt bestimmt für eine Schlampe hält, weil er ihren Cousin für ihren One-Night-Stand halten könnte. Ich mache gerade keinen Scherz: Sie hatte so Angst vor möglichen Gerüchten in ihrer dämlichen Kleinstadt, dass sie schon ganz hippelig wurde, als sie ihrer Freundin davon erzählte. Und wie sollte sie in dem Fall, dass das Gerücht ihren Freund erreicht, das Missverständnis nur aufklären, zumal ihre Verwandtschaft ja eh behauptet, sie und ihr Cousin wären ein Traumpaar, wenn sie nicht miteinander verwandt wären? Das sind so die Momente, in denen ich mich frage: Passiert das gerade wirklich? Reden die das gerade wirklich miteinander? Das erinnert mich auch immer wieder an mein Studium. Wie oft dachte man sich doch: Bitte haltet einfach die Klappe! (Und sagte es vielleicht auch manchmal…) „Oh, ich habe schon wieder nur eine 2 davor stehen!" Ja und? Eine 1 würde dir auch nicht weiterhelfen, da du wirtschaftlich gemessen höchstens eine 3 davor stehen hast… „Bin ich froh, wenn das Semester rum ist!" Wäre ich an deiner Stelle auch, wenn ich jeden Abend, jeden Feiertag und jedes Wochenende durchgelernt hätte… Mein Gott! Haben diese Leute eigentlich überhaupt was in ihrem Leben gelernt? Und dann kommt mit 30 der Zusammenbruch. Wenn man merkt, dass man mit dem ersten Freund seit 10-15 Jahren nur deshalb zusammen ist, weil man schon so lange zusammen ist und dass man außer seinen guten Noten und seiner leidenschaftslosen Pseudo-Karriere NICHTS im Leben hat, das objektiv gesehen irgendetwas bedeutet. (Wobei auch die Frage im Raum steht, ob objektiv gesehen überhaupt irgendein Wert ein Wert ist.) Was anderes macht Sinn, als sich über solche Leute lustig zu machen? Sie ernst nehmen kann niemand. Bemitleiden oder sich über die Welt lustig machen – mehr gibt es anscheinend nicht, das lohnt.

Bitte schlag mich

Ich gehe mit einem Kollegen noch ein Bierchen nach der Arbeit trinken. Und der beste Barkeeper der Welt steht auch gerade hinterm Tresen, sehr gut. Da fühlt man sich fast wie in einer beneidenswerten *familia*. Mein Kollege und ich kommen herein und hinter der Bar steht bereits jemand, der herwinkt und schon bevor man sich gesetzt hat sagt, während er einem die Hand reicht: „Hey mein Freund, geht's gut?" Dann stellt er mir ein Pils hin, sagt „Geht auf mich", zwinkert mit einem Auge und fragt meinen Kollegen, was er denn trinken möchte.

Als er ihm ein Weizen an unseren Platz am Tresen hinstellt, sagt er, während er den anderen Typen hinter der Bar zu sich zieht: „Das ist übrigens R. Er schmeißt den Laden später weiter, weil ich früher los muss. Guter Junge. R., das hier ist der weltbeste Gast, lass ihn bloß nicht warten!"

Während wir also dasitzen, reden, trinken und immer wieder mal mit dem Barkeeper reden, solange er noch nicht an den R. übergibt, geschieht mal wieder das Unglaubliche. Der Barkeeper redet mit uns über seine witzigen und gleichzeitig irgendwie tragischen Beziehungsprobleme, während sich R. hinter ihm einen Schnaps nach dem anderen reinpfeift. Kein einziger schaut ihm zu (auch ich nur mit einer halben Pupille) und ich habe keine Ahnung, ob ihn Aufmerksamkeit stören oder gefallen würde. Und es wird immer krasser. Der jetzige war wohl etwas gut eingeschenkt. Er gibt ein hoho-Geräusch von sich und atmet mit verzogenem Gesicht durch die Zähne ein. Und wieder frage ich mich: Passiert das gerade wirklich? Wache ich auf, wenn mir jetzt jemand ins Gesicht schlägt?

Als unser Barkeeper an R. abgibt, ruft er kurz vor der Tür dem R. noch zu: „R.! Und nicht so viel schnapseln!", und verlässt mit einem Grinsen die Bar.

Ich war es, auch wenn man's mir nicht glaubt

Dubioserweise habe ich bei bestimmten Sachen ein verstörendes Gefühl. Ich will gerne gleich konkret werden. Ich fing einst *vor allen anderen Personen* an bestimmte Phrasen zu benutzen. Z.B. inspiriert vom amerikanischen „sounds like a plan" „klingt nach einem Plan" zu sagen. Oder noch bekannter: Statt „kein Problem"/„kein Thema" fing ich an „kein Ding" zu sagen. Und was muss ich Jahre später feststellen? Richtig – immer mehr Leute benutzen genau diese Phrasen. Und schwerlich ist es vorstellbar, dass sie von dem inspiriert wurden, was mich auf die IDEE dieser Phrasen brachte. Nein, nein – anscheinend gingen sie tatsächlich von mir aus. Ich fing an, ein Freund schnappte es auf, ein Freund des Freundes… und Jahre später sagt es jemand, den ich noch nicht gekannt habe, zu mir. Ich kann deswegen niemand verklagen. Ich kann es noch nicht mal beweisen. Ist es ein Zeugnis meiner Brillanz? Meines Schöpfungsdrangs? Ich lebe und sterbe und niemand wird je wissen, dass viele Phrasen von mir stammen… Wen kümmerts auch. Leere Worte an einem toten Tag. Ich habe Durst auf Bier; ich hole mir eins aus dem Kasten. Schade, dass es keine Dosen mehr gibt – waren immer sehr stilvoll. Selbst wenn man vor niemand damit geposed hat. Geposed für sich selbst. Um sich zu beweisen, dass man stilecht ist. Wäre ich Patrick Bateman, dann würde ich in dieser Sache die Wahrheit sprechen. Nein, ich fantasiere nicht. Die Wahrheit, die interessiert, dreht sich stets um so einfache Dinge, die man schwer nachprüfen kann…oder so.

Hochzeiten, yeah jippie yeah

Man könnte sagen: Alle Jahre wieder. Man ist auf Hochzeiten. Man (fr)isst, trinkt, tanzt und labert. Was einst Wein, Weib und Gesang war, ist heute nicht mehr Drogen, Sex und Rock'n'Roll, sondern Alk, Chicks und Westerland. Das nur am Rande. Jedenfalls war wieder einer dieser Tage, an dem ich zu einer Hochzeit eingeladen war. Auch ich habe ein wenig Spaß daran, anderen eine Freude zu machen, und da mich eine Freundin, die heiratete, einlud, ging ich zu ihrer Hochzeit, obwohl ich sonst niemand so richtig kannte. Die erste, die mir als echt hübsch auffiel, war mit ihrem Freund/Mann da. In meiner inneren Frustration über diese Erkenntnis sah ich jedoch noch jemand anders bei ihr stehen. Mein erster Gedanke war: Voll mein Typ. (Wobei es eigentlich „Typus" heißen müsste, sonst klingt es ein wenig schwul, wenn man den Satz davor nicht kennt…) Sie gefiel mir in der Tat noch besser, als die Erste. Ich musste sie einfach ansprechen.

Einige Hochzeitsspiele und Pils weiter überlegte ich mir einen Plan. Vor dem Partysaal ging es erstmal in einem Treppenhaus quadratisch nach unten, um einen Aufzug in der Mitte herum. Ich setzte mich raus, wartete einfach bis sie mal vorbeikam (aufs Klo oder so) und sobald es soweit ist sage ich – und hier höre ich schon wieder den kostenlosen Newsletter des Dating-Coaches, meinen besten Freund in dieser Angelegenheit, heraus – „Hey, hast du eine

Emailadresse?" Sie sagt ja, ich hole einen Stift und einen Zettel, der so aussieht, als ob ich ihn nicht für diesen Moment in die Innentasche gesteckt hätte, z.B. ein Kuvert-Fetzen, aus meinem Jackett, halte sie ihr hin und sage: „Schreib sie mir auf", während ich ihr mit dem Kinn nach oben zunicke. DAS war zumindest der Plan, der in dieser Perfektion nur durch mein jahrelanges Dating-Newsletter-lesen geschaffen werden konnte. Eine Email-Adresse wirkt unverbindlicher und lockerer als eine Telefonnummer, zudem suggerierte ich mit diesem Vorgehen Selbstsicherheit. Ein Hoch auf suggestive Dating-Psychologie. Ich saß draußen und jeder kam mal kurz raus, nur sie nicht. Ich checkte Mails mit meinem Smartphone, schrieb auf noch unbeantwortete SMS zurück und *SIE* war nicht da. Es frustrierte mich. Es machte mich fertig. Es schubste mich in eine Grube aus Melancholie. Es war dort dunkel. So düster wie meine Laune.

Es musste also ein anderer Plan her. Ich sollte direkt zu ihr hingehen und sie nach ihrer Mailadresse fragen. Oder ihr meine auf einem Zettel einfach geben, während ich sage: Hey, meld' dich mal.

Letzten Endes saß ich grübelnd da, während ich noch ein Pils trank. Ich musste nach diesem unbedingt zu Trinken aufhören. Sonst verliere ich meinen Führerschein, falls ich von den *Carabinieri* aufgehalten werde. Mut antrinken war also nicht. Fuck.

Als sie zum Buffet ging, um sich noch ein Schoko-Mouslè, oder wie das heißt, zu holen, schaute sie mich kurz an. Es konnte gar nicht sein, dass ich ihr nicht gefiel. Mein Anzug war perfekt und nicht zuletzt meine Krawatte. Starke, volle, aussagekräftige Farben, die jeden sagen lassen: DER.hat.Stil. Tja, aber es blieb bei einem Blick. Später kam sie tatsächlich zu mir her und holte mich mit ein paar Anderen zu einem dieser dämlichen Hochzeitspiele von meinem Platz ab. Eigentlich war es trotzdem ganz lustig. Es brachte mich aber nicht weiter. Sollte es mir etwas sagen, dass sie mich aus der 50-Menschen-starken Party zusammen mit 5 anderen geholt hat? Die naheliegendste Lösung ist meist die Richtige, heißt es. Warum sollte meine Freundin ihr nicht gesagt haben, sie solle unbedingt auch den sich langweilenden, mit seinem Handy rumspielenden Jungen holen? Danach saß ich wieder auf meinem Platz. Bevor sie geht, gehe ich zu ihr hin. Ich zieh den Zettel und Stift-hinhalten-Plan durch.

Später sah ich sie ihre Handtasche tragend hinausgehen. Sie ging und ich blieb sitzen. Ich wollte mich nur noch verlieren. Ich sagte Tschüss zu meinen Sitznachbarn, winkte anderen zum Abschied flüchtig und ging. Ich rannte die Treppen nahezu hinunter, setzte mich ins Auto, ließ es an und fuhr los. Bei 5000 Umdrehungen im zweiten Gang wollte ich immer noch nicht schalten. Die Schnarchnasen vor mir konnte ich mit gewisser Befriedigung mit 140 auf der Landstraße überholen. Ich ging mit einer Freude wie Dr. House sie hat nach dem Parken in meine Wohnung, warf alles im Gang hin und ging zum Bierkasten. Ich will nicht sagen, dass ich mich hasste, aber irgendwie in die Richtung ging es. Was-wäre-wenn-Szenarien spuckten durch meinen Kopf. Wäre *sie* nicht da gewesen, hätte ich noch nichtmal in der scheißwarmen Bude mein Jackett über langem Hemd mit perfekt sitzender Krawatte angelassen. Ich tat es für sie und sie ging einfach. Ich kann die Namen der Frauen nicht mehr zählen, die ich auf ähnliche Weise in meinem Leben verloren habe. Am Flughafen kennen gelernt und aus irgendwelchen Hemmungen heraus kontaktdatenlos in den Flieger eingestiegen. Mit teurem Flugzeugalkohol versucht meinen Schmerz über eine weitere Frau zu lindern. Das es war, sagt Yoda in meinem Kopf.

Der Tresenphilosoph

Ich habe in meinem Leben schon so manche Leute in Bars und Kneipen kennengelernt. Wenn man an der Bar sitzt, was trinkt und angesprochen wird, bedeutet das in den meisten Fällen, dass ein stark Angetrunkener oder Betrunkener einem seine Geschichte reindrücken will. Man wird zum Ersatz des zuhörenden Barkeepers. Sie hat mich verlassen, buhu… Ich habe sie betrogen, *grein*. In deutlich weniger Fällen wird jemand an der Bar philosophisch. Das sind dann ebenfalls stark alkoholisierte Leute, die fasziniert mit funkelnden Augen Sachen wie „ist Ihnen schonmal aufgefallen, dass Frauen es darauf anlegen, den Beginn eines Streits anzuzetteln, nur um zu sehen, wie man darauf reagiert? Lassen Sie mich das kurz erläutern, es ist nahezu faszinierend.." erzählen. Doch dann scheint es einen äußerst seltenen Fall zu geben. Ich nenne ihn den „Tresenphilosoph". Er ist derart selten, dass man andere Menschen als Tresenphilosophen bezeichnet, die im Grunde genommen gar keine sind.

Ich war also an meiner Lieblingsbar gesessen, mich mit *dem* Barkeeper unterhalten. Oft habe ich das Gefühl, dass er der einzige Mensch ist, der mich wirklich schätzt. Er versucht zu verstehen, was ich sage. Und ich höre mir gern seine Beziehungsprobleme an. Mittlerweile würde ich uns sogar als Freunde bezeichnen. Ich bin ihm nicht als Kunde, sondern als Person wichtig. Also schenkte er mir noch ein zweites Pils ein und sagte mit einem Lächeln und Zwinkern: „Geht auf's Haus." Gleich danach ging er ein paar Tische bedienen. Das war der Moment wo *er* reinkam. Er setzte sich drei Barhocker weiter und legte seinen stilvollen Mantel ab. Sein Rasierwasser/Eau de Toilette roch bis zu mir, aber immerhin ein interessanter, angenehmer Duft. Statt einem Anzug – was man normalerweise bei so einer Person erwarten würde – trug er eine Mischung aus Hemd, Pulli und Jackett, in schwarz, dazu mit einigen violetten Elementen, bspw. an den Schultern. Wie bei einer Uniform, nur viel dezenter. Als er sich schließlich hinsetzte, sagte er beim nächsten kurzen Blick, den ich ihm rüberwarf, mit dunkler, rauer, aber angenehm klingender Stimme „Hallo auch". Was für eine suspekte Person. Zudem war er vermutlich irgendwas zwischen 30 und 35. Schwer abzuschätzen. Als der Barkeeper für die nächste Getränkebestellung wieder hinter die Bar kam, bestellte er ein Newcastle. Interessante Wahl, dachte ich mir. Könnte ich auch mal wieder trinken. Bevor der Keeper wieder abzischte, stellte er ihm ein kühles Newcastle hin. An der Flasche bildeten sich aufgrund der Gekühltheit des Getränks Perlen. Wenn ich nicht schon ein Pils vor mir hätte würde ich … töten für so ein Getränk? Was für ein blöder Spruch. Ich lachte innerlich und versuchte mir auszumalen, wie so eine dämliche Redewendung entstand. Und da fing er an, zu sprechen.

„Ist Ihnen schonmal aufgefallen, dass Menschen meinen, sie würden eine Sache mehr verdienen, je mehr sie dafür leiden?" Ich schaute ihn mit großen Augen an. Er war nicht betrunken. Er sah nicht verbraucht oder abgestürzt aus – dazu sah er zu gesund und normalgewichtig aus. Was ging hier also gerade ab? Ich glaube, in genau diesem Moment schätzte er den Einsatz seines nächsten Satzes ab. Er sah anscheinend, dass ich seinen Gedanken zu erfassen versuchte und sagte: „Soll ich weitererzählen?" Ich antwortete: „Ich bitte darum", und zeigte mit meinen Fingern auf den Barhocker rechts neben mir. Er nahm sein Newcastle und setzte sich. „Lassen Sie es mich erläutern. An einem einfachen Beispiel. An einem schönen Beispiel." Er grinste, als er das sagte. „Sie interessieren sich für eine Frau, tun alles für sie. Laden sie ein, machen ihr ein Geschenk, über das sie eine Ewigkeit vorher nachgedacht haben, um ja nichts Falsches zu kaufen, und haben eine Stange Geld dafür hingelegt. Nicht nur das. Sie sind höflich, obwohl Sie oft lieber aufbrausend sind. Und dann ist sie plötzlich mit einem Typen zusammen, den sie gerade mal einen Tag kennt, und nichts von den Dingen, die Sie für sie getan haben, selbst getan hat, geschweige denn tun wird. Wie würden Sie sich nun fühlen?" „Ich würde mich unfair und ungerecht behandelt fühlen. Aber das ist ja oft so, gerade beim Daten...," antworte ich. „Richtig", sagte er, „genau so denken wir im Allgemeinen. Aber wer sagt, dass Sie sie mehr verdient haben als er? Gibt es Ihnen etwa ein Anrecht auf sie, dass Sie sich für sie gewissermaßen selbst verleugnet haben? Vielleicht hat er ja sogar mehr für sie getan, indem er sich selbst treu geblieben ist und sich nicht für sie verstellt hat." Innerlich behagte es mir nicht, dass er Recht hatte. Dieser Gedanke widerte mich an. „Es fällt mir schwer, es zu sagen, aber ich bin mir sogar nahezu sicher, dass Sie Recht haben." Er lächelte daraufhin wieder ein wenig. „Nicht schlecht – jemand, der seine innere Reaktanz im Griff hat, falls Sie den Begriff kennen. Lassen Sie mich raten: Sie fanden den Gedanken abstoßend, dass ich die Wahrheit sagen könnte." Ich wollte darauf nichts sagen. Ich lächelte leicht und trank von meinem Pils. Er sprach einfach weiter: „Worte tun weh, wenn Wahrheit in ihnen gefunden wird. Doch Sie scheinen bereit dafür zu sein. Wie wäre es, wenn wir einen Schritt weitergehen? Gedanklich, versteht sich." „Nur zu", sagte ich. Es gefiel mir schon immer, wenn es in Gesprächen intellektuell etwas fordernder wurde.

„Egal, wie viel Sie leiden, oder sich durch etwas quälen, oder sich FÜR etwas abquälen – es interessiert einfach nicht. Objektiv gesehen ist es völlig irrelevant. Stellen Sie sich vor, sie würden – aus welchen Gründen auch immer – ein Leben lang keinen Tropfen Alkohol trinken. Sagen wir aus persönlicher Überzeugung, die Sie irgendwoher haben. Sie sind also 16, ihre Freunde trinken alle irgendwas Alkoholisches – nur Sie nicht. Sie wollen Ihrem Entschluss treu bleiben. UND", er machte eine Geste mit seinem Zeigefinger, wobei er völlig ernst schaute, „Ihnen fällt das echt schwer. Sie wollen eigentlich gar nicht abstinent sein, zumindest in jenem Moment, in jener Situation, nicht. Aber Sie ziehen es durch. Und so vergehen die Wochen, Monate, Jahre und ebenso Feiern, einsame Abende, Geschäftsessen – ständig wird Alkohol getrunken und Sie würden auch mal gern probieren, aber Sie tun es nicht, um Ihrem Entschluss treu zu bleiben. Sie haben sich ein ganzes Leben lang gequält, um dieser Entscheidung treu zu sein. Und dann sterben Sie. Was denken Sie über die Person angesichts dessen, dass sie auch ein viel leichteres Leben hätte haben können?" „Ich empfinde ein wenig Mitleid." Ein kleiner Gedanke keimte in mir und ich sah am Horizont eine Idee, die er mir vermitteln wollte. Doch ich hätte sie noch nicht in Worte fassen können. Deshalb sagte ich einfach nichts weiter. „Und jetzt mein Freund, passen Sie auf: Ihr Mitleid ist völlig unnötig. Denn – und das sollten Sie sich merken – es macht keinen Unterschied. Ja, es ist egal, ob", er lächelte ein bisschen fanatisch dabei, „ob Sie für etwas leiden oder ihr ganzes Leben hedonistisch verbringen. Es ist egal, ob Sie sich Ihr Leben lang um behinderte Kinder kümmern oder ob Sie Charlie Sheen sind." Schon seit Längerem trug ich den Gedanken, dass alles, was wir wissen, uns sagt, dass es mit dem Tod vorbei sein muss. Alles, was wir sind, ist in unserem Gehirn codiert, und wenn unser Gehirn stirbt, ist alles weg, was wir jemals waren. Logisch. „Ich sehe, Sie verstehen“, sprach er weiter, als könnte er meine Gedanken lesen. „Doch mein Freund, an dieser Stelle begehen die meisten einen Fehler. Sie meinen, deshalb wäre es das Beste, hemmungslos zu leben und das zu tun, was einen glücklich macht. Aber es ist geistiger Müll, sage ich Ihnen, so zu denken. Der Gedanke, der das zeigt, ist eigentlich der naheliegendste, wenn man schonmal so weit gedacht hat.“

Er nahm einen großen Schluck von seinem Newcastle. Ich konnte es diesmal nicht erahnen, worauf er hinauswollte, bis er weitersprach. „Ob etwas das ‚Beste‘ ist, kann nur gesagt werden, wenn man es einordnen kann. Doch man kann es nicht einordnen – weil es egal ist. Das heißt, dass Sie sich ebenso ein Leben lang für moralische Maxime und Grundsätze einsetzen können, in Nächstenliebe aufgehen, sich selbst verleugnen, sich quälen, um die eigene Moral beizubehalten. Es macht keinen Unterschied. Ihr Leben wird vergehen. Und hier kommen wir zu Pascals Wette und Kant. Dummerweise lernt man das in Schulen und Hochschulen *ohne* dem Vorwissen, das Sie jetzt haben. Ein Jammer. Wen wundert es da, dass die Welt den Bach runter geht..“ Er machte eine Pause. Dann sagte er: „Wie heißen Sie eigentlich?“

„Ähm, darf ich vielleicht anknüpfen? Was ist Pascals Wette und was hat Kant damit zu tun?“ „Sie wollen es wissen – ich erzähle es Ihnen. Pascal, ein Mathematiker, der vor Jahrhunderten starb, dachte anscheinend einst das gleiche wie ich. Und er dachte: Da sowohl gut als auch schlecht zu handeln weder Gewinn noch Verlust ist, da es letzten Endes egal ist, würde allein die Frage nach der Existenz Gottes und ob er einst belohnt oder bestraft, das Dilemma lösen. Durch gutes Handeln könnte man im Falle der Existenz Gottes gar mit ewigem Leben belohnt werden. Ansonsten wäre es egal, dass man gut gehandelt hat, es ist sowieso irrelevant, genauso wie das böse Handeln. Kant hingegen hat die Existenz unseres Gewissens bereits als Gottesbeweis gewertet, kommt aber zum gleichen Ergebnis: Wer gut handelt, kann nur gewinnen.“ Wer erlebt so etwas, in einer Bar? Da saß er also. Vermutlich der einzige echte Tresenphilosoph der Welt. Ich erwiderte ein langezogenes „wow", ergänzt von: „Darf ich Ihnen was ausgeben? Es wäre mir eine große Freude, nachdem ich das erste sinnvolle Gespräch mit jemand, den ich nur vom Tresen kenne, geführt habe." „Nun, wenn Sie darauf bestehen, dann bitte ein Pils – Ihres sah gut aus. Danke auch für das unterschwellige Kompliment. Allerdings muss ich dazu sagen, dass ich bei Ihnen eine Vorahnung hatte und deswegen zu reden begann. Das kann man nur bei sehr wenigen Menschen dieser Tage machen. Die Menschen halten sich alle für klug und wissend – doch versichere ich Ihnen: Was ich Ihnen eben gesagt habe realisieren extrem wenige Menschen. Ich vermute, dass wir Beide die Einzigen sein könnten."

Später ging ich verstört nach Hause. Alles was er sagte war anscheinend nichts als die Wahrheit.

Manchmal hat man eben auch als Mann so seine Tage

Ich sitze rum. Surfe sinnlos im Internet. Stehe immer wieder am Balkon und schau in der Gegend herum. Nichts reizt mich. Keine Lust, alleine was in der Bar trinken zu gehen. Keine Lust, mich zu überwinden, eine Frau anzusprechen und so den Abend rumzubekommen. Keine Lust mit Bekannten wegzugehen. Nichts reizt mich. Und selbst beim Bier, das ich trinke, denke ich mir, dass ich es eigentlich nicht trinken sollte. Zu schnell artet es aus, sagt man. Schnell braucht man jeden Tag den Alkohol. Was soll's. Zumindest heute. Ich nehme noch einen Schluck. Ich weiß nicht, wie ich mich gerade fühlen soll. Von absoluter Lustlosigkeit umfangen. Bin ich traurig? Bin ich unglücklich? Ich weiß es nicht.

Ich frage mich, was der Tresenphilosoph wohl gerade macht. Ob er wohl glücklich ist? Bestimmt ist er es. Was für ein Mensch – völlig mit sich im Reinen.

Sie

Es gibt eine Frau in meinem Leben, die mich mit absoluter Sehnsucht erfüllt. Doch dabei weiß sie es noch nicht einmal. Und komischerweise ist sie meine Nachbarin. Als ich hier einzog, sah ich sie das erste Mal. Ihr Anblick machte mich sprachlos. Sie unterhielt sich kurz mit mir, ob ich jetzt ihr neuer Nachbar sei und machte mich nervös und atemlos mit ihrem Lächeln und ihren Augen. Sie ist einfach … wundervoll. Wie sie immer freundlich und nett und perfekt aussehend ist. Und ich komme mir vor, als hätte ich bei ihr niemals eine Chance. Im Laufe der Zeit habe ich es förmlich darauf angelegt, sie zu sehen. Es fing damit an, dass wir uns öfter mal im Treppenhaus begegneten. Nachdem ich mindestens vier Mal immer nur „Hi" zu ihr gesagt habe, riss ich mich zusammen. Ich dachte an meinen persönlichen kostenlosen Newsletter-Coach, der mir sagte: Sprich sie an, oder eben nicht – mach dir bewusst, dass es *deine* Entscheidung ist und niemand anders als du schuld ist, wenn ihr nie in Kontakt kommt. Als ich sie also ihre Post aus dem Briefkasten hinter der Tür holen sah, sagte ich „Hi, und … danke auch für die nette Begrüßung letztens…" Mir fiel einfach nichts Besseres ein. Auch die Methode des frechen Humors, von dem ich zig mal las, um mich für *sie* inspirieren zu lassen, lies mich im Stich. „Aber gern geschehen!", antwortete sie und ich kam mir irgendwie doof vor. Als ob man gerade einem Bundesliga-Spieler danke für's Autogramm gesagt hätte. In diesem Moment verpasste der imaginäre Dating-Newsletter-Coach meinem Gehirn eine Gehirnfeige. „Du Doofi, ich sagte dir doch bereits, dass nur *du* schuld bist, wenn du sie jetzt nicht auf einen Kaffee einlädst! Sei ein Mann und kein schwächliches Weichei!"

Tatsächlich gab mir das zu denken. Ich war keine 17 mehr, wo man sich damit hätte rausreden können, dass man mit Frauen so unerfahren sei und sich deshalb nicht getraut hat. Also tat ich es. Ich machte meinen Mund nochmal auf und sagte der perfekten Frau meines real life: „Hey, nicht dass ich jetzt platt rüberkommen will, aber wir könnten doch mal einen Kaffee trinken gehen. Also als neue Nachbarn quasi." Ich sagte es nicht ganz so sicher, wie der Coach es von mir gewollt hätte, aber immerhin sagte ich was. „Na klar, eine gute Idee. Ich freue mich immer mal nette Leute näher kennen zu lernen." Besser konnte ich mir ihre Reaktion gar nicht vorstellen. Dass sie mir nicht in die Augen sah, mir immer näher kam und mich einfach küsste war ja klar. Auch wenn das toll gewesen wäre. Danach hätte sie mir noch ins Ohr hauchen können: Ich habe mich in dich verliebt vom ersten Tag an, als ich dich sah. Aber ok – wann werden schon Träume wahr außer im Traum. Und dann sagte sie: „Also dann, ich geh mal wieder nach oben. Hat mich gefreut, Nachbar!", und ging. Hätte ich in Abwägung ihrer Reaktion die Zeit zurückdrehen können, dann hätte ich mich jetzt auf die Knie geworfen und ihr, während sie die erste Treppe nach oben läuft, hinterhergerufen: „Aber WANN denn? Du kannst mich doch nicht ohne feste Vereinbarung hier stehen lassen!" Vielleicht hätte sie es lustig gefunden. Oder „süß". Der Coach hätte mir bestimmt dazu geraten, es zu tun. Denn wenn man das tut, was ein Mann normalerweise nicht tut, macht man sich attraktiv für Frauen. Welch Weisheit, aber ich habe meine Zweifel, Coach, ob das wirklich funktioniert… bzw.: Ich habe Angst davor, dass es nicht funktionieren könnte.

Ich war zwar einen kleinen Schritt weiter, aber sonst auch nichts weiter.

Jeden Tag, wenn ich zu meiner Haustür lief, malte ich mir aus, was ich ihr nun sagen könnte, falls ich sie sehen sollte. Sobald ich mir dachte, dass dies oder jenes peinlich für mich enden könnte, sagte ich mir einen Satz des Tresenphilosophen vor, den ich mir gemerkt habe: „Wem etwas peinlich ist, tut nicht das, was er eigentlich tun will. Und was ist man, wenn man nicht das tut, was man eigentlich tun will? Richtig, unglücklich. Allerdings haben Sie ein großes Problem, wenn Sie etwas nur *eigentlich* tun wollen. Denn wer etwas *eigentlich* tun will, will es nicht *wirklich* tun. Als sollten wir uns immer entscheiden, ob wir es nun durchziehen, oder es lassen. Das Eigentlich macht unglücklich. Merken Sie sich das!" Und auch hierin sprach er die Wahrheit. Wenn sogar Wolfang Petry („ganz oder gar nicht..") diesem Gedanken zustimmte, sollte ich mich daran halten. Also sperrte ich wie jeden Tag die Tür auf und lief die erste Treppe nach oben. Und da kam sie mir eines Tages entgegen. Sie sagte „Hi", ich sagte „Hey". Sie lief mir ein wenig langsamer entgegen und das war also der Moment, den ich mir so lange vorstellte. Ich habe mich nach reiflicher Überlegung dazu entschieden, den lockeren Nachbar zu spielen. Ich machte genau das, was man machen muss, um Erfolg zu haben: den Hochstapler.

Lassen Sie mich das kurz erklären, bisher fand den Hochstapler jeder toll: Warum sind Hochstapler erfolgreich? Richtig, weil sie authentisch etwas vorgeben zu sein, was sie nicht sind. Man kann dieses Talent erlernen und für sich im legalen Bereich nutzen, lernte ich zumindest vom Coach. Wenn man also nervös ist, spielt man das Spiel, indem man so tut, als sei man nicht nervös. Und wenn man weiß, dass Frauen eher auf lockere, unverbindliche Leute stehen, dann tut man so, als wäre man so, auch wenn man's nicht ist.

Also habe ich in dieser Situation den Hochstapler gemacht. Ich sagte nach meinem „Hey" nur zwei Worte: „Heute? Kaffee?" Dann sah ich ganz locker auf meine Uhr und sagte ganz lässig: „Obwohl, vielleicht etwas spät dafür. Heute Cocktail? Ich wollte heute mal die neue Cocktail-Bar vorne an der Kreuzung ausprobieren." Durch den letzten Satz signalisierte ich, dass ich heute sowieso Cocktail trinken gegangen wäre, auch wenn sie mir nicht begegnet wäre – was ich natürlich nicht getan hätte. Wie hätte sie so jemand wie mir noch eine Absage erteilen können?

„Ui, du bist aber spontan. Aber klingt gut, da war ich auch noch nicht – ich muss allerdings morgen arbeiten..." „Ich hole dich um halb 9 ab, ok?" Ja, so setzte ich mein erworbenes Geschick gekonnt um. Gar nicht erst auf negative Einwände eingehen. Sie stimmte zu und ich hatte 90 Minuten zum Essen, Duschen und Stylen.

Ich hatte nicht sonderlich Hunger. Ich stopfte mir nur eine Kleinigkeit rein. Dating-Nervosität. Flauer Magen. Wenn ich nun noch ein Jugendlicher gewesen wäre, wäre ich unter der Dusche gestanden und hätte über nichts anderes als sie nachgedacht. Hätte mich in die Zukunft geträumt, wie perfekt eine Beziehung mit ihr wäre. Was es für ein Glück für mich wäre. Doch diesen Jungen gab es nicht mehr. Der Coach hat mich umerzogen. Jetzt stand ich unter der Dusche und versuchte mich auf das im-Endeffekt-Date zu freuen. Den Moment der Anspannung zu genießen. Die Zukunft wegzuschieben und mich nur auf das Jetzt zu konzentrieren. Während also die jugendliche Version von mir es wie Arbeit empfand, sich durch ein Date zu kotzen, um sie zu bekommen, versuchte die heutige Version, die Momente zu schätzen. Jeden für sich. So lehrte es mich der Coach. Und ich fand das eine echte Bereicherung für mein Leben. So wie Leute mit Essstörung Essen in Gemeinschaft jedes Mal als Anstrengung und Prüfung empfinden, so waren es bei mir Dates. Auch wenn es mir nicht völlig gelingt: Heute genieße ich das, was einst für mich eine Bewährungsprobe war. Ja Coach, ich werde mein Glück nicht von ihr abhängig machen. Ich werde einen schönen Abend haben, ihr zeigen, wie schön ein Abend mit mir sein kann und der Rest interessiert gerade nicht. Ich drehte den Wasserhahn zu und griff aus der Dusche nach dem Handtuch, das ich mir bereitlegte.

Später klingelte ich bei ihr. „Interessantes Outfit" sagte ich und sie grinste mich an, während sie auf ihre Unterlippe biss.

Der kurze Weg zur Bar zeigte meine wahre Persönlichkeit, denn bei Smalltalk spult man das Immergleiche ab, das gewissermaßen einiges vom Charakter widerspiegelt. Ist man ein Nörgler, der sich über alles und jeden aufregt? Hat man eine positive Einstellung? Lacht man schnell? All das zeigt ein Smalltalk. Passen Sie das nächste Mal darauf auf, wie Recht ich hierbei habe.

„Und, wie geht's denn?", eröffnete ich den Persönlichkeitstalk.

„Sehr gut – und dir? Gefällt dir eigentlich die Wohngegend?"

„Mir geht's fabelhaft."

„Was, gleich ‚fabelhaft'? Das hört man aber nicht oft…"

„Sachen gibt's, oder?", sagte ich mit einem nach-oben-Nicken und Grinsen. Warum denn auch bei Smalltalks das Seelenbefinden ins Spiel bringen?

Und da war ich also: Mit der wundervollsten Frau in meinem Leben in einer Cocktail-Bar. Ich hatte nur noch Augen für sie. Klar fand ich andere Frauen auch schon quasi perfekt für mich. Aber die Erde hat sich mittlerweile eben weitergedreht und wenn man so eine dann nie mehr oder nur alle paar Jahre sieht, verschwindet sie aus dem Kopf. Im besten Fall bleibt ein Name und eine kleiner Erinnerung zurück. Im Normalfall vergisst man sie nahezu völlig. Sie bleibt noch nicht mal ein Strich auf der imaginären Liste der Frauen, die man einfach perfekt fand.

„Was denkst du denn nach?", fragte sie mich. Ich musste mich jetzt um sie kümmern. Wieder im Jetzt leben. Ich tauchte meinen Strohhalm ein, rührte ein bisschen, schaute ins Glas und sagte dabei: „Ist manchmal schon komisch, wie sich alles verändert. Als ob man verschiedene Leben aneinanderreiht. In einem ist man der naive Schüler, der bei Mama wohnt, im nächsten der arrogante Karriereträumer und dann eine Zeit lang jemand, der vor sich hin lebt."

„Redest du von dir?"

„Nein, ich meine das nur allgemein. Kommt es dir nicht auch so vor?"

„Naja, stimmt schon. Ich war mal eineinhalb Jahre mit jemand zusammen, der mich irgendwie ziemlich verändert hat."

„Sag ich doch – als ob man plötzlich ein anderes Leben als andere Person führt."

„Nicht schlecht, Herr Nachbar. Und wer warst du im letzten Leben?"

„Pff, nichts Besonderes. Und dann habe ich meinen Porsche verkauft, einen ruhigeren Job gesucht und bin in deinen Block gezogen."

Sie lachte. Wiedermal ein Beweis dafür, dass man Frauen mit Dingen zum Lachen bringt, über die man in einem Männergespräch niemals lachen würde. Aber mir soll's recht sein. Grins.

Die Bar hatte wirklich was Stilvolles. Wir saßen an einem Fenster im zweiten Stock. Unten sah man auf die riesige jeweils vierspurige Stadtkreuzung. Die Autos fuhren durchs Dunkel.

Sie sagte wie aus dem nichts: „Weißt du – ich könnte ewig hier sitzen und einfach nur auf die Straße schauen. Finde ich wunderschön." Das hat mich geistig gesprochen nahezu vom Hocker gehauen. Das gleiche dachte ich mir schon immer. Ich liebte es – deswegen habe ich uns auch diesen Tisch besorgt. „Uuh, eine Seelenverwandschaft – ich steh auch total drauf", sagte ich mit einem durchaus ernsten Ton. Wir schwiegen einige Zeit und schauten nach unten. Dann wollte ich das Gespräch weiterführen:

„Was machst du denn sonst so Abends?"

„Ich bin ungern allein, also mache ich meistens was mit Freunden. Ich habe am liebsten immer jemand um mich."

Ok – das war nicht wirklich eine Gemeinsamkeit. Ich war oft lieber alleine. Doch sie setzte eine weitere Ungemeinsamkeit oben drauf:

„Naja, und ich bin gern unterwegs. Wir machen öfter mal so Mehrtagetrips nach Italien oder Frankreich. Hauptsache nicht immer das Gleiche machen."

Mhh… was sollte ich darauf schon sagen? Ich mag keine Sinnlostrips? Ich bin gern allein? Ich geh lieber in meine Lieblingsbar und schlaf dann aus, anstatt stundenlang im Auto zu sitzen, um dann übermüdet in einem anderen Land Geld auszugeben? Ich dachte mir, es wäre besser, den Mund darüber zu halten. Und dann kam schon die Gegenfrage: „Und du?". Fernsehen, Bier trinken, Rumphilosophieren. Das wäre wohl meine Standardantwort gewesen. Aber die konnte ich hier einfach nicht bringen. Also entschied ich mich, nur partielle Interessensaspekte zu bringen. „Ich lerne gern neue Leute kennen und schaue, dass ich neben Arbeit noch Zeit für meine Interessen habe." Ich musste nun schnell umschwenken. „Und ich stehe auf Haus-Partys. Gibt kaum was Kuhleres, besonders wenn es einfach gut aussieht. Also im Haus. Oder einen Pool hat. Und sowas."

„Hey, das trifft sich ganz gut. Ich gebe demnächst eine Party bei mir. Ist zwar kein Haus, aber immerhin eine Wohnung. Du kannst gern mal vorbeischauen. Diesen Freitag."

„Klar gerne, danke für die Einladung."

Wir saßen noch eine ganze Weile am Fenster und unterhielten uns. Wo wir herkommen, über alte Zeiten, was wir ursprünglich mal machen wollten, bevor wir in einem Job, den wir nie machen wollten, landeten.

Sie hatte wohl ziemlichen Spaß und ihr schmeckten die beiden Cocktails. Beim Heimgehen sagte sie: „Lass uns öfter mal was machen." Zweifellos trug der Alkohol dazu bei, dass eine Frau so etwas von sich aus sagte. Es mag sicher ein wenig frauenfeindlich klingen, aber bei meiner Ex habe ich mir immer gewünscht, sie würde nur ständig einen gewissen Alkoholpegel halten. Das waren die einzigen seltenen Momente, in denen sie erträglich war. Zumindest muss ich das im Nachhinein gesehen sagen. Wahrscheinlich ist dieser Gedanke ein treffender, beschreibender Höhepunkt wie furchtbar, schrecklich, elendig und abstoßend die Beziehung war. Zumindest – muss man wiederum dazu sagen – im Nachhinein gesehen. Denn währenddessen war man im Gedanken gefangen, dass man mit ihr doch sein Leben verbringen *will*. Warum auch immer. Sie hat wesentlich dazu beigetragen, dass ich heute der bin, der ich bin. Was soll's. Aber eines weiß ich sicher: Meine Nachbarin ist so anders als meine Ex… Wäre ich doch bloß mit ihr statt mit ihr zusammen gewesen.

Ich sperrte die Tür auf und nachdem wir die Treppe zu meiner Wohnung hochliefen, blieben wir stehen. Sie umarmte mich sogar zum Abschied. Wie schnell man sich doch nach einem einzigen Abend manchmal wie alte Freunde verhält. Oder es ist der Alkohol. Welche Frau wie sie würde jemand, den sie eigentlich nicht kennt, schon nüchtern zum Abschied umarmen (zumindest in dieser Gegend)?

Im Großen und Ganzen war ich mit dem Abend wirklich zufrieden. Vielleicht wäre sogar der Coach auf mich stolz gewesen. Allerdings war ich ihm etwas untreu und träumte die nächsten Tage in vielen Momenten davon, wie es wohl wäre, mit ihr zusammen zu sein.

Ihre Party rückte näher und die Tage vergingen wie im Flug. Ich arbeitete sogar länger, damit die Abende kürzer wurden. Nicht dass ich derart arbeitsbegeistert gewesen wäre. Aber irgendwie sah ich diese Tage als Gelegenheit an, den Schreibtisch richtig abzuarbeiten. Zumal ich selten so gut gelaunt wie diese Tage in der Arbeit war.

Der Freitag kam schließlich. In der Cocktail-Bar sagte sie mir, die Party würde langsam so ab 20 Uhr losgehen. Also stand ich um 21 Uhr vor ihrer Tür.

Eigentlich redete ich mir ein, nach dem Motto „mir ist nichts mehr peinlich" zu leben. Doch das war eine Lüge. Jemand, den ich nicht kannte, machte die Tür auf und ich ging durch eine menschenvolle Wohnung in das Wohnzimmer meiner Nachbarin, das ich jetzt zum ersten Mal in meinem Leben betrat. Und ich kannte einfach niemand. Ich fühlte mich doof und unwohl. Ich sagte Hi und Hey, aber ich ahnte es schon.

Sie sah ich erst mal gar nicht. Nachdem ich mir ein Bier aus dem Kühlschrank genommen hatte, bemerkte ich, dass sie lachend draußen am Balkon war, den man von einer Wohnzimmerecke aus betreten konnte.

Am besten warte ich, bis sie wieder drinnen ist, um Hallo zu sagen, dachte ich mir. Ich stand also herum und beobachtete die fremden Leute. Ich schätzte das Alter der Leute. Letzten Endes kam ich auf eine Untergrenze von ca. 22-24 und auf eine Obergrenze von ca. 35. Passte perfekt. Nur wollte ich gar nicht daran denken, was passieren würde, wenn ich mal die 35 überschritt.

Und dann kam sie herein. Erst bemerkte sie mich gar nicht, doch dann kam sie zu mir, berührte mich am Arm und sagte: „Schön, dass du gekommen bist. Ich hoffe dir gefällt's!" Bevor ich antworten konnte wurde sie von einer Freundin mit ins Bad gezogen. Anscheinend wollte sie ihr dringend was erzählen. Als ob es dringender als ein „Ich liebe dich" von mir sein könnte.

Da auf dem relativ kleinen Balkon nun niemand mehr war, ergriff ich die Gelegenheit und wollte mit meinem Bier rausgehen. Entschlossen melancholisch ging ich zur Balkontür als mir die Ouzo-Flasche auffiel. Ich nahm mir einen danebenstehenden Becher, schenkte ein paar Kurze rein und nahm somit noch einen zweiten Freund mit. Balkonparty zu dritt, was will ich mehr.

Die Stadt sah schön von hier oben aus. Wahrscheinlich sagte meine Nachbarin nur an Abenden, die sie mit Langweilern alleine in einer Cocktail-Bar verbrachte, dass sie so etwas schön fand. Wahrscheinlich wäre mir meine Traumfrau zu langweilig. Ich grinste in die Nacht und nahm einen großen Schluck Ouzo.

Ich hatte weder etwas zu verlieren, noch sah ich ein, einen auf Außenseiter zu machen. Ich war schließlich nicht 14 und kam auch gerade nicht in eine neue Klasse in einer fremden Stadt. Also ging ich nach einem motivierenden Ouzo wieder rein und wollte jemand ansprechen. Und hierbei gab es in meinem Leben nur einen, der mir helfen könnte. Der Coach. Und er sagte: „Lieber sprichst du eine Frau mit einem Klassiker an, als dass du keine ansprichst und alleine den Abend verbringst. Und mit Klassiker meine ich nicht ‚Ich glaube, ich kenne dich von morgen', sondern ein ‚Hey, wie geht's? Ich bin der …'"

Danke Coach.

Da ich mir blöd vorgekommen wäre, wenn ich aus dem
Nichts einen ihrer weiblichen Freunde angesprochen hätte,
ging ich auf eine zu, die sich gerade was von der Bowle
nahm. Da mir einfach nichts besseres einfallen wollte, stand
ich neben ihr, nahm mir einen Becher, schenkte auch etwas
Bowle ein und sagte: Hey, ich bin.. Wie geht's?

Es war wiederum irgendwie blöd. Gab es denn keine bes-
seren Sprüche, um mit jemand ein Gespräch anzufangen? Sie
zu fragen, ob die Bowle gut ist, wäre mir zu blöd gewesen
und einen Spruch über ihr knallrotes Top fand ich zu offen-
siv.

„Hi, ich bin die Anita."
„Freut mich. Nettes Top übrigens, steht dir gut."
„Danke :)"

So waren die Frauen. Entweder ich stellte eine langwei-
lige Allerweltsfrage oder das Gespräch war beendet. Und
was sollte ich schon sagen? Ihr von dem Blog erzählen, auf
den ich heute stieß und den ich echt gut fand? Sie fragen,
woher sie meine Nachbarin kennt? Auf beides hatte ich keine
Lust. In mein Gedankenbild schob sich eine große Frage:
Was würde der Tresenphilosoph nun sagen? Würde er so wie
damals mit mir in der Bar mit ihr reden? Oder würde er mit
ihr ganz anders, ganz normal reden? Aber wie redet man ganz
normal? Oder wäre er einfach einer der vielen anderen hier,
würde mit seinen Freunden lachen, Nonsense reden und trinken? Ich hatte noch nicht mal einen Anhaltspunkt für etwaige
Antworten.

Ich hätte extremst Lust gehabt, mich weiter mit ihr zu unterhalten. Doch ich war nicht der Coach und auch nicht der
Tresenph.. ihr wisst schon.

„Also dann Prost", sagte ich und hob dabei meinen Becher. Sie stieß mit mir an und obwohl ich bewusst dort stehen

blieb, da sie mir ja eventuell noch was sagen wollte, ging sie wieder zu ihren Freunden. Was für ein Dilemma.

Darauf erstmal noch ein Ouzo.

Später ging ich in ihre Küche. Auch da waren einige Menschen, die ich natürlich ebenfalls nicht kannte. Aber immerhin gab es was zu essen. Etwaige Nervosität war dank Langeweile, Alkohol und Frustration, dass ich mir hier wie ein Sonderling vorkam, sowieso gegessen. Und dann kam sie.

„Na", sagte sie und lächelte mich an, als sie in die Küche kam.

„Schmeckt gut. Selbst gemacht?"

„Spinnst du? Hab ich natürlich mitbringen lassen – man soll es ja nicht übertreiben."

Mein Magen zog sich zusammen und mein Herz schlug schneller. Sie war so wunderbar.

„Nette Aussicht übrigens von deinem Balkon."

Hätte ich nicht irgendwas Interessanteres sagen können? Wenn ich recht bedenke: Eigentlich nicht.

„Oh ja, in den Balkon habe ich mich recht schnell verliebt."

In dem Moment wurde mir klar, dass ich jetzt etwas tun musste. Ich musste auf den Coach hören. Also dachte ich Sekundenbruchteile nach, was er mir raten würde, zu sagen. Sei anders als die anderen, aber sei kein Spinner oder Psychopath. Sei charmant und dennoch herausfordernd. Sei locker, aber zeige, dass du auch intelligent bist. Nichts davon wollte mir helfen. Also konnte ich nicht auf ihn hören, auch wenn ich es gewollt hätte. Ich musste wohl eine andere Strategie fahren.

„Interessante Kette übrigens." Und das war sie wirklich. Sie trug eine Kette mit einem kleinen Herz und einem Minischlüssel als Anhänger. „Eine tiefgehende Kette, wenn du verstehst", ergänzte ich, um mich mit einer cleveren Aussage zu umgeben.

„Oh danke, die gefiel mir auf Anhieb, musste ich einfach haben."

Sie sprang auf mein Wortspiel nicht an. Was soll's.

„Und was sagt Herr Tiefgang zur Symbolkraft der Kette?" Ok, also doch. Ich unterschätzte sie… Wahrscheinlich unterschätze ich alle Frauen.

Aber ihre Frage war doof. Was hätte ich denn darauf bitte sagen sollen? ,Der Schlüssel zum Herzen' war ja mal unglaublich platt. Also sagte ich einfach das nächste, das mir in den Sinn kam.

„Du wünschst dir die Macht, ein Herz, das du erwählst, ansprechen zu können, während du gleichzeitig dein eigenes in der Hand haben willst. Deine Sehnsüchte erfassen und erfüllen können."

„Aber Herr Nachbar, wie romantisch." Sie biss sich ein wenig auf die Unterlippe, während sie auf mein Hemd schaute. Das wäre eigentlich der Moment gewesen, in dem sie mich zu sich heranziehen und hätte küssen sollen. Sie weckte unglaubliche Sehnsucht in mir.

„Du hast also Sucht nach mehr?", fragte sie dann plötzlich.

Ich verstand erst nicht. „Ob ich mehr…?", fing ich stockend an nachzuhaken.

„Dein Hemd!"

Erst jetzt verstand ich. Auf meinem Hemd stand von ihr aus links oben gesehen >Sucht nach Meer<. Tatsächlich war das Hemd ein Unikat. Ich stand auf das mehr-Meer-Wortspiel.

„Es ist mein großes Geheimnis, was das in Wirklichkeit bedeutet", antwortete ich lächelnd. „Aber vielleicht bekommst du es ja irgendwann mal heraus."

„Spaßbremse", erwiderte sie gespielt trotzig.

Und dann wurde sie von einer Freundin gerufen und weg war sie. Ich konnte jetzt zwar wieder atmen, aber ich fühlte mich, als hätte sie meine Seele mitgenommen.

Es war dann recht unspektakulär. Ich nahm mir noch ein Bier, hörte mir von Irgendeinem schlechte Frauenwitze an und ging schließlich nach Hause. Also ein paar Stöcke tiefer. Es hat sich einfach nicht mehr ergeben, mit ihr weiter zu sprechen. Und sie kam auch nicht mehr von selbst auf mich zu.

Die nächsten Tage war ich durch den Wind. Dachte ständig daran, wie perfekt sie für mich war. Und nichts änderte sich. Außer, dass ich mich in ihr verlieren wollte. Mein Gehirn wurde frittiert. >Ich bin da und bin ich es nicht. Ich verliere mein Gesicht.<

Und so ging es weiter. Tag für Tag.

Als ob man total besoffen ist und gleichzeitig klar denken kann. Ich rede mit ihr im Treppenhaus und vor der Tür. Manchmal sogar zwanzig Minuten. Sie ist das Auto, das ich nicht probe fahren darf, da ich nicht in seiner Liga spiele. Ich bin ihr Dienstagabend-Film. Ich bin ihr Kaubonbon für Zwischendurch. Etwas, das man eben mal mitnimmt. Das man nicht weiter in Erwägung zieht. Etwas, an das man sich nicht erinnert. Über das man nicht nachdenkt.

Ich habe nicht den Mumm, ihr zu sagen, wie viel ich für sie empfinde und wie wundervoll ich sie finde. Wobei es eher an der Angst vor einer negativen Reaktion liegt. Ich hoffe seit Monaten darauf, dass der Coach recht hat und ich sie dazu bringe, sich unsterblich in mich zu verlieben. Doch es soll einfach nicht sein. Ich beachte die Regeln: Ich komme ihr nahe, aber nicht zu sehr. Ich erzähle ihr etwas, aber nur so viel, dass ich für sie geheimnisvoll bleibe. Ich bringe sie zum Lachen und zeige ihr, dass ich kein Weichei bin. Doch es funktioniert nicht, Coach! Ich kann wohl nicht verbergen, dass ich ein Sonderling bin. Ein Sonderling auf dieser Welt. Bin ich ihr zu unnormal? Zu abgespaced? Zu intelligent? Kann man einer Frau zu intelligent sein? Ist der Coach weniger intelligent als er rüberkommt, und klappen deswegen seine Methoden?

Genügt ihr ein Typ mit Wanzenhirn, solange er noch andere Dinge als ich mitbringt? Wenn ja, was? Mehr Geld?

Erfolg ist kein Geheimnis sondern Glück

Irgendwann ging mein Leben wieder wie gewohnt weiter. Aufstehen (obwohl man nicht aufstehen will) und arbeiten (obwohl man nicht arbeiten will). Abends und am Wochenende Serien schauen und in Bars rumhängen. Oft dachte ich mir in Bars, dass es grandios wäre, den Tresenphilosophen noch einmal zu treffen. Was würde ich zu ihm dann sagen? Was würde er mir wohl sagen? Würde er sich an mich erinnern?

Der Barkeeper stellte mir hin und wieder mal eine Freundin von sich vor, wenn eine ihn in der Bar besuchte. Teilweise wirklich hübsch. Doch ich konnte mir beim besten Willen nicht vorstellen, mit ihr aus dem Fenster zu sehen, während sie mir davon erzählt, nächtelang die breite Stadtstraßenkreuzung beobachten zu können. Da mir mit jeder Woche, die verging, alles mehr egal wurde, hatte ich kaum noch Probleme Frauen anzusprechen. Es war mir egal, wie sie reagierten. Es war mir egal, was der Coach dazu sagen würde. Wahrscheinlich wäre er stolz auf mich gewesen, weil ich endlich ich selbst war.

Immerhin entdeckte ich wieder alte Leidenschaften von mir. Wenn ich mal nicht fernsah oder in Bars war, schaute ich immer wieder mal alte Sachen von mir durch. Ich entdeckte meine alten Zeichnungen und fand sie brillant. Mein Herz hing an ihnen, obwohl ich seit Jahren nicht mehr an sie dachte. Meine Freunde damals fanden sie ganz nett und bei Bildwettbewerben verloren sie regelmäßig. Damals dachte ich mir: Es muss 100 Rembrandts gegeben haben, doch nur einer wurde entdeckt. Durch Zufall. Durch persönliche Beziehungen. Die 99 anderen hörten irgendwann mit dem Malen auf oder fingen erst gar nicht richtig an. So muss es wohl gewesen sein. So viel Brillanz unentdeckt. So wie es Tag für Tag passiert. Wäre Rembrandt mit 15 an irgendeiner Seuche krepiert, hätte das nichts geändert. Ein Lichtlein weniger.

Vielleicht hätte der, der Rembrandt aufgrund seiner Projektionen in diese Person hinein gefunden hatte, einfach in einen der 99 anderen hineinprojiziert und fertig. Ein geringfügig anderer Stil. Ein Mann mit anderer Nase. Ende. So war es wohl. Ein tröstender Gedanke.

Mein bester Freund

Mit den Tagen und Wochen kam ich wieder ins Gleichgewicht. Zumindest gewissermaßen. Wer ist schon richtig im Gleichgewicht.

Ich ging in meine Lieblingsbar und sprach mit *dem Barkeeper*. Dann ging ich in den Club über der Bar. Es war wie damals. Recht wenig los. Mädelz tanzten mit sich selbst und Nerds saßen in der Couchecke. Also ging ich an die Bar. Ich weiß nicht genau, was es war, doch ich wollte der Tresenphilosoph sein. Neben mir stand jemand, ein bisschen jünger als ich. Er blickte an die Bar gelehnt auf die Tanzfläche. Als ich meinen Gin Tonic hatte, lehnte ich mich ebenfalls gegen den Tresen und schaute in die gleiche Richtung wie er. Zwischen uns war genug Abstand, um zu sehen, dass wir nicht zusammen hier waren. Dann tat ich es. Ich wollte einen auf Tresenphilosoph machen. Vielleicht war ich ja tatsächlich einer und habe es nur noch nicht entdeckt? „Wissen Sie, warum die Mädelz mit sich selbst tanzen?", fragte ich ihn. Er sprang gleich darauf an. „Ich denke, die wollen nur ein bisschen Spaß mit ihren Freundinnen haben. Für erotische Spannung brauchen Frauen keine Männer." Ok - die Antwort brachte mich aus meinem Konzept. Also versuchte ich ebenso gescheit zu antworten: „Oder aber, mein Freund, sie verhöhnen damit die Welt, die ihnen keinen echten Mann geliefert hat, der sich mit ihnen abgibt. Schauen Sie sich nur die beiden Nerds da an. Selbst wenn die sie antanzen würden – Sie glauben wohl nicht wirklich, dass die Mädelz drauf anspringen würden." Ich fand meine Erwiderung wirklich gut. Ich fühlte mich wie ein Tresenphilosoph. Auch wenn ich mir einrede, dass es unterbewusst war, habe ich mir ganz bewusst mehr markant männlich riechendes Parfüm aufgesprüht. Auf meine Antwort lachte er ein wenig und sagte: „Oder so, hehe. Ich bin übrigens.."

„Sie trinken gar nichts?", fragte ich.

„Nein, ich lehne Alkohol ab."

Wie konnte man so clever sein und dennoch Alkohol ablehnen, war mein erster Gedanke. Ich bat um Erläuterung.

„Nun, egal was die Medien suggerieren: Alkohol ist eine harte Droge. Er vernebelt die Gedanken und lässt Sie handeln, wie Sie sonst nie gehandelt hätten. Das ist für mich Grund genug, nichts zu trinken. Allein schon beim Flirten hat es Vorteile, seinen ganzen Verstand einsetzen zu können", sagte er und zwinkerte.

Mir behagte sein Gedanke nicht. Alkohol war ein Freund von mir. Wie eine Mutter, die ihrem weinenden kleinen Jungen nach einem Alptraum am Bett übers Haar streicht und sagt, dass alles wieder gut wird. Ich fand seine Aussage psychisch belastend. Ich fühlte mich, als ob er mir in den Bauch geschlagen hätte und mir dann, als ich am Boden lag, ins Gesicht schrie: Dein Leben ist ein einziger Illusionshaufen und du hältst es doch tatsächlich für toll!

Doch bei meinem Abgang wollte ich nicht schwach wirken. „Interessante Ansicht", sagte ich, trank meinen Gin Tonic auf ex und ging zur Tanzfläche. Die, die ich am hübschesten fand sagte ich ins Ohr: „Hey, hast du Lust mit mir was zu trinken?"

Erstaunlicherweise ging sie nach einem „warum nicht" mit an die Bar. Beim Vorbeigehen zwinkerte ich dem Abstinenzler zu.

Der Sith

Die Zeit lief immer weiter. Aus meiner Frustration über meine Nachbarin fing ich irgendwann an Kraft zu ziehen. Selbstvertrauen. Wenn sie schon jemand wie mich nicht haben wollte – sie ist ja nicht die einzige perfekte Frau auf dieser Welt. Meine Enttäuschung wurde so etwas wie Wut und Hass, die mich nährten. Aus meiner Angst, etwas zu verspielen, wurde Stärke.

Statt in Alkohol und Melancholie zu versinken, fing ich an, mehr Sport zu machen. Ich wollte es der Welt, die so ungerecht zu mir war, heimzahlen. Na und, dann war ich eben ein Sonderling. Mit vom Vortagstraining ziehender Armmuskulatur und dreimal so aggressivem Parfüm, als ich es früher trug, ging ich durch die Welt. Früher hatte ich mich gefühlt, als wäre mir der Coach um so viel voraus. Doch zu jener Zeit fühlte ich mich wie jemand, von dem sich andere hätten coachen lassen sollen, wenn sie klug genug gewesen wären. Auf Meetings in der Arbeit war ich plötzlich der unnachgiebige Protagonist und nicht mehr der nachdenkliche Diskrete. Ich wollte zurückschlagen. Ich fühlte mich wie Spider-Man im neuen schwarzen Anzug.

Wo ich früher die Straßenseite wechselte, wenn potentielle Pöbler rumlungerten, ging ich jetzt einfach weiter. Ich legte es zwar nicht auf Schlägerreien an, aber ich wollte nicht mehr schwach gegenüber dieser Welt sein. Selbst den Tresenphilosoph vergaß ich allmählich.

Schon seit Wochen sah ich meine Nachbarin nicht mehr. Und sie war mir in gewisser Weise auch egal geworden.

Dennoch kam es so, wie es wohl kommen musste. Ich sperrte mein Auto am Straßenrand ab und ging zu unserer Haustür. Ich war noch nicht mal bis zu meinem Briefkasten vorgedrungen, als sie um die Ecke von draußen kam.

„Hey, schon lange nicht mehr gesehen. Wie geht's denn so?", fragte sie.

„Sehr gut, und selbst?"

„Ich habe letztens an dich gedacht. Wir könnten doch mal wieder was zusammen machen, wenn du willst."

Na super. Ich wollte keine neue „gute Freundin". Oder doch? Ich dachte einen Moment daran, dass ich kotzen müsste, wenn ich mal mit ihr und ihrem Freund/Mann zusammen was trinken gehen würde. Allein das sagte mir schon, dass es für mich besser war, es nicht auf eine normale Freundschaft mit ihr anzulegen.

Ich tat so, als würde ich überlegen. Ich machte große Augen und verzog meine Lippen.

„Naja, klar doch. Gern. Was schwebt dir denn vor?"

„Wie wär's denn mal mit 'nem Absaker Abends, einfach mal so ein Stündchen?"

Das konnte ich gerade noch so vertreten. Immerhin war sie wundervoll.

„Klingt gut!", antwortete ich.

„Wie wär's mal bei dir? Ich würde gern mal deine Wohnung sehen."

„Klar. Wann passt's dir denn?"

„Wie wäre es denn mit gleich heute?"

„Gern!"

In den letzten Tagen und Wochen hatte ich meine Wohnung perfektioniert. Neben Sport und Überlegenheitsgedanken wollte ich, dass alles in meiner Wohnung sitzt. Meine Wohnung sollte die Verkörperung des Purismus sein, die geglückteste der Welt. Es passte also echt gut, dass sie zu mir kommen wollte.

Sie kam um 20 Uhr. Sie fragte, ob sie die Schuhe ausziehen soll und statt wie früher „Nein, passt schon." zu sagen, sagte ich: „Wenn es dir nichts ausmacht – bitte." Ich führte sie ins Wohnzimmer. Sie sagte: „Wow – ich fühle mich wie in einem Möbelkatalog."

Das war durchaus sehr unfreundlich von ihr.

Ich erwies ihr aber die Gnade, ihr meine Philosophie etwas zu erläutern:

„Kennst du die Wohnungen, in der alles voller nutzloser, hässlicher Souvenirs ist? Ätzend. Also habe ich mir meine Wohnung so eingerichtet, wie mir die perfekte Wohnung im Kopf vorschwebte."

Die meisten verstehen die einfache Kunst einer solchen Wohnung nicht. Statt überall offene Regale und Schränke zu haben, hat man lediglich geschlossene. Und schon wirkt nichts mehr so, als würde es rumliegen.

Ich legte ein bisschen Musik ein und mixte ihr einen Cocktail. Es war, als wären wir erst gestern in der Cocktail-Bar gewesen. Nur verhielt ich mich weniger verträumt. Ich fühlte mich wie ein anderer Mensch. Als ob ich bereits ein weiteres Leben an mein altes gereiht hätte. Da ich nun aber auf die Welt herabblickte, war es mir egal, wie sie reagieren und was ich mit ihr verlieren könnte, als ich fragte:

„Wie ist es denn bei dir mit der Liebe? Gar nicht vergeben?"

„Nein, die letzten Monate lief gar nichts", antwortete sie und schlürfte mit der Wange auf eine Handfläche gelegt durch den Strohhalm ihren Cocktail. Wie süß sie dabei aussah.

Ich sagte gar nichts. Der Coach hätte auch nicht gewollt, dass ich jetzt das Weichei gemacht und so Zeug wie ‚Oooh, das kann man sich bei dir ja gar nicht vorstellen, auf dich steht doch sicher jeeeder' gesagt hätte. Nein, ich schwieg! Hier überschnitten sich meine alte Persönlichkeit und die neue. Hierin waren sie sich einig.

Also brach sie die kurze Stille: „Und du? Hast du ‘ne Freundin?"

„Manchmal", sagte ich.

„Ahjaa", antwortete sie und lächelte, als ob sie verstehen würde. Dabei war ich mir sicher, dass sie nicht verstand. Wahrscheinlich verstand sie gar nichts, auch wenn ich sie toll fand.

„Was war der letzte Film, den du gesehen hast?", fragte ich sie.

„Patrick's Basement."

„Ernsthaft?"

„Äh, ja."

Hierzu muss man wissen, dass es in Partick's Basement um einen intelligenten, gutaussehenden Mann ging, der in seinem Keller eine hübsche Frau gefangen hält. An einem Heizungsrohr angekettet. Wenn das mal nicht krank war..

„Kennst du ihn?", fragte sie mich.

„Jep. Und wie findest du ihn?"

„Ziemlich krank, aber durchaus interessant. Er meinte ja immerhin, dass er nicht an die normalen Gesetze gebunden wäre, da die nur für die Normalos wären."

„Stimmt, fand ich auch. ‚Die Gesetze der Menschen sind nur was für die Schwachen'", rezitierte ich.

Wie kuhl, dass sie sich das gleiche dachte. Aber was soll's. Unweigerlich fiel mir der Tresenphilosoph ein, als er meinte, Gesetzlosigkeitsgefühl wäre eine närrische Konklusion.

Wir sprachen noch ein wenig über meine und ihre Arbeit. Und dann ging sie.

Der Abend war nett gewesen. Er war lustig. Sie war wundervoll, sympathisch, voll mein Typ. Aber sonst war eben auch nichts weiter. Eine flüchtige Umarmung zum Schluss. Wie ich von ihrer Party wusste, tat sie das mit all ihren Freunden. Oho, dann konnte ich mich sogar als so etwas wie ihren Freund bezeichnen. So wie die ca. sechs anderen Typen, die auf ihrer Party waren. Ich wollte, dass es mich nicht berührte. Ich tat so, als würde es mich nicht berühren. Ich machte mal wieder den Hochstapler. Bei mir selbst. Danke für den Trick, Coach.

Am nächsten Tag in der Arbeit checkte ich erst mal meine Emails. Gestern um 18:30 schickte jemand noch eine. Unser Geschäftsführer wollte mich sehen. Zusammen mit meinem Chef. Was hatte ich verbrochen? Dabei hatte ich noch nicht mal jemand sexuell belästigt. „Entschuldigen Sie den kurzfristigen Termin, aber wir würden Sie gerne um 10 Uhr in meinem Büro (Raum 305) sehen", stand dort.

Ich war angespannt. Ich wollte, dass es mir scheißegal war. Daher holte ich mir was zu essen, obwohl ich keinen Hunger hatte und mir nach dieser Email flau im Magen war. Aber es war alles klar. Alles scheißegal. Nur der Überdurchschnittliche sollte der König sein.

Um Viertel vor 10 kam mein Chef an meinen Schreibtisch. Ob ich die Email gelesen hätte und alles klar ginge.

„Hast du gelesen? Da hat jemand einen Anschlag auf dich vor", sagte er zu mir.

„Um was geht es eigentlich?"

„Erfährst du ja gleich. Ich hol dich ab."

Also latschten wir nach oben. Zum Oberboss.

„Setzen Sie sich. Wollen Sie was trinken?", war seine erste Frage, als wir in sein geräumiges Büro kamen. In seinem Mini-Kühlschrank mit Glasfenster standen Apfelschorle, Cola, Wasser und ACE-Saft.

„Nein Danke", sagte ich. Wenn er nicht will, dass ich vor Nervosität auf seinen Büroboden kotze, sollte ich lieber nichts trinken.

„Nun, ich komme gleich auf den Punkt. Sie haben mich in dem Meeting letztens ziemlich beeindruckt. Redegewandt, ein Mann mit Weitsicht und Selbstbewusstsein. ‚Was soll er noch einsam an seinem Schreibtisch rumsitzen', dachte ich mir. ‚Holen wir ihn lieber in eine Position, in der er mit seinen Fähigkeiten mehr erreichen kann.'"

Meine Nachbarin verhalf mir also zu einem neuen Job. Einem gutbezahlten Job. Einem Job weit über dem meines früheren Chefs.

Vielleicht wäre ich noch besser, wenn sie mich hassen statt ein wenig mögen würde. Es war paradox.

Manchmal

Manchmal hat man Abende, an denen man todmüde ist. Wirklich todmüde. Doch man will nicht schlafen gehen. Will es einfach nicht. Hat keine Lust sich hinzulegen. Einen Film will man sich auch nicht mehr aus dem DVD-Verleih holen. Man ist sich sicher, dass man innerhalb der ersten zwanzig Minuten einschlafen würde. Also hängt man herum. Bei sich zu Hause. Das Herz blutet. Die Leere in der Seele fühlt sich grauenhaft an. Man weiß nicht, was einem fehlt. Ist es eine hübsche Frau? Ein guter Freund? Ein neuer in den Bann ziehender Gedanke, der es vermag, das Denken zu infizieren?

Und da alles andere genauso sinnlos erscheint wie schlafen zu gehen, geht man schließlich ins Bett. Manchmal.

Doch diesmal nicht. Ich hockte herum und dachte nach. Enttäuschung war mein Leben. Von so vielen wurde ich in meinem Leben enttäuscht. Von Frauen enttäuscht. Von meiner Nachbarin enttäuscht.

Sie haben mir alles genommen. Meine eigentliche Persönlichkeit. Meine Menschlichkeit. Meine Natürlichkeit. Ich war ein Hochstapler. Der Coach lehrte mich, jemand anders zu spielen. Die Maske aufzusetzen. Niemals mehr man selbst zu sein. Ja sich sogar selbst einzureden, man wäre jemand anders. Ich wollte nicht mehr. Ich wollte nach draußen gehen und in den Wind schreien: „Du hast mir alles genommen! Du hast es geschafft, dass ich kein Mensch mehr bin!"

Am nächsten Tag waren die Gedanken verflogen. Ich setzte normal gelaunt die Maske auf und verließ das Haus.

Meine Tage wurden ein Film. Ich traf Entscheidungen und führte Gespräche, doch fühlte mich, als wäre mein wahres Ich wo anders. Dort saß lediglich ein gut programmiertes Wesen. Wer war ich wirklich?

Mein neuer Job bescherte mir, dass ich eigentlich nur noch Samstag und Sonntag ein wenig Zeit hatte. Ich schlief lange aus und verbrachte den restlichen Tag mit Bier, Bar und Fernsehen. Es reizte mich nicht, mich bei meiner Nachbarin zu melden. Es verletzte mich zu sehr, dass es mit ihr anscheinend nichts werden konnte. Mit der Zeit gestand ich mir das immer mehr ein. Ich hörte auf, den Unverletzbaren zu spielen. Ich fand wieder Gefallen daran, der Realität ins Auge zu sehen.

Ich bin ganz einfach nicht da

Kurz nach meiner Beförderung kamen wir in eine Art Trockenphase. Was die Arbeit betrifft. Was meine spezifische Aufgabe betrifft. Es stand zwar ein großer Termin auf dem Plan, für den ich mich bereits begann vorzubereiten, doch mein Unternehmen roch anscheinend, dass diese Vorbereitungen unmöglich meinen ganzen Tag füllen konnten. Also durfte mich eine andere Abteilung auch noch „nutzen". Da mein neuer Chef von meiner Durchdachtheit angetan war, durfte ich mich mit unseren Produkt- und Marketingtexten beschäftigen. Man meinte, ich sei ideal dafür. Ich machte keine Überstunden mehr. Lassen Sie mich erzählen warum. Da von mir ein gewisses Pensum an Texten erwartet wurde (die ich entweder kontrollierte, verbesserte oder neu aufsetzte) konnte ich nicht faulenzen. Ich musste an meinem Schreibtisch sitzen und arbeiten. Es war unglaublich langweilig. Tag für Tag, Woche um Woche. Ich führte Gespräche, klärte Dinge ab, aß zu Mittag. Doch ich war nicht da.

Ich will nicht hier sein. Will woanders sein. Will ein anderer Mensch sein. Will das tun, was mir gefällt. Will einfach nur meine Ruhe. Ich spreche mit Menschen, ich knüpfe interne Kontakte, ich eigne mir Wissen an. Doch ich bin einfach nicht da. Ganz einfach nicht da.

Es hält Einzug in mein Leben. Wenn ich einkaufen gehe, wasche, koche, Smalltalk halte… bin ich nicht da. Ich spreche zwar mit Menschen, doch schwebe währenddessen im Nichts. Ich habe mich verstoßen. Mein Herz liegt irgendwo. Wahrscheinlich hinter der Komode meiner Nachbarin. Die Stelle, die man jahrelang nicht sieht, wenn man seinen Schrank nicht ohne Grund vorzieht. Eingequetscht und verblutend. Lautlos schreiend.

Und dann sah ich sie wieder. Ich kam wie aufgeschwemmt von der Arbeit. In Nutz- und Sinnlosigkeit meines Tuns noch gefangen. Sie sagte Hi und ich sagte Hey. Und sie sagte Wie geht's und ich sagte Fabelhaft. Und sie sagte Das klingt schön und ich sagte Und selbst? Und sie sagte Naja, eigentlich auch ganz gut, und ich sagte Warum nur ‚eigentlich'? Und sie sagte Naja, manchmal ist man eben nicht so gut drauf und es läuft nicht so, und ich sagte Das verstehe ich, ich kenne das.

Und weil ich nicht da war und die Steuerzentrale meiner verletzten Gefühle irgendwo zwischen irgendwas nur eben irgendwie nirgendwo war, sagte ich: „Hey wenn du Lust hast, lass uns doch mal wieder was machen. Was trinken und ein bisschen reden. Oder so."

Ich wollte ihr das nicht sagen, doch ich sagte es ihr. Es gab nichts in mir, was mich davon zurückhielt. Es tat mir weh, sie zu sehen. Es verletzte mich, dass sie mich anscheinend einfach nur als Freund sah. Doch es ließ mich kalt. Völlig kalt. Ich redete einfach. Ich war mein Schatten. Das was vor ihr stand war nicht ich. Es war eine Kopie, die lebte. War mein eigentliches Ich schon gestorben?

Wir trafen uns abends bei mir. Ich mixte uns was. Sie fand es lecker. Sie war hin und weg. Ich will ihr Cocktail sein.

Ich erzählte ihr noch nicht mal von meiner auslaugenden Arbeitssituation. Nur von meiner Beförderung. Ich hätte gern meine Maske abgesetzt. Doch das Vakuum, das durch mein entschwundenes Ich entstand, saugte sie fest an mein Gesicht. Nur einmal hätte ich ihr zeigen wollen, wer ich wirklich bin. Wie ich sie sehe. Warum musste es so tragisch sein.

Leben in brennenden Welten

Da ich nach einigen Tagen wieder an dem Punkt angelangt war, wo mir alles egal war – oder nach wie vor noch alles egal war – hat mich der Gedanke in seinen Bann gezogen, den abgefucktesten Anmachspruch auszuprobieren, der mir vorschwebte. Aber kein platter. Nur eben … abgefuckt.

Ich steckte mir meinen Flachmann in die Innentasche und ging in eine Bar, in die ich sonst nicht so oft ging. Eigentlich ging ich nie dorthin.

„Ich weiß, wir kennen uns nicht, aber – und ich hoffe das klingt nicht allzu blöd – ich könnte schwören, du kommst mir bekannt vor. Als ob wir uns schon lange kennen."
„Äh, ok…", antwortete sie.
„Hast du sowas noch nie gespürt?"
„Äh, eigentlich nicht so richtig…"
„Nicht so richtig?"
„Du, ich muss wieder zu meinen Freunden. Vielleicht sieht man sich ja später nochmal."

Ich ging auf die Toilette. Immerhin war sie hygienisch. Ich hätte Lust gehabt, mein Gesicht mit Wasser von seinem Schleier zu befreien. Aber ich wollte weder Rasierwasser noch Parfüm wegwaschen. Ich schlug meinen Kopf leicht gegen den Spiegel. Was tat ich hier überhaupt. Ich wusch mir die Hände und verließ die Bar. Ohne einen Blick zu ihrem Tisch. Draußen machte ich den Flachmann auf. Nahm einen großen Schluck. Morgen hatte ich frei. Wunderbar.

Ich wusste nicht, wer ich war oder wer ich sein wollte. Ich wusste noch nicht mal, was ich wollte. Ob ich meine Nachbarin wollte. Oder ob sie eine Riesenmetapher für meine Leere war. Ich hatte keine Lust auf nichts mehr.

Die Welt ließ mich allein. Ohne jemand, der so tickte wie ich. Nur Scheinfreunde und Scheinkontakte umgaben mein direktes Umfeld. Mein Schatten wanderte durch diese Stadt ohne ein Zuhause zu haben. Ich wollte nichts mehr. Nichts mehr tun. Nichts mehr denken. Nichts mehr ausprobieren. Wahrscheinlich erkannte nicht mal der Coach, dass alles egal war. Alles war irrelevant.

Ich wachte nachmittags auf der Couch auf. Ein Stapel verstörender Filme vor dem Fernseher. Das erste, was ich tat, war, den Fernseher anzumachen und weiter zu schauen. Ich fühlte mich an der Endstation angekommen. Wie sollte ich nur je wieder in die Arbeit gehen können. Sie bedeutete mir nichts. Hat sie noch nie. Eigentlich bedeutete mir niemand etwas. Ich hatte diese Welt schon lange verlassen. Falls ich überhaupt je richtig hier war.

Am frühen Abend ging ich zerstreut in meine Lieblingsbar. Ich ging geradewegs an die Bar. Mein Barkeeper-Freund war auch da. „Meine Fresse siehst du scheiße aus", sagte er. „Trink erstmal, geht aufs Haus", und stellte mir ein Pils hin. Ich exte das Pils nahezu. In drei Zügen war es weg. Und dann begann neben mir jemand etwas zu sagen. Ich bemerkte erst jetzt, dass ein paar Barhocker weiter noch jemand saß. „Sie haben noch eins gut bei mir. Wenn Sie erlauben: Das nächste geht auf mich. Wie wär's mit einem Newcastle?"

Entstehungszeitraum zur ersten Auflage: 2009 bis 2011

Dem Verfasser war durchaus sehr bewusst, dass man in Unterhaltungsliteratur keine Klammern)(verwendet. Und ihm war auch bewusst, dass sich eines Tages irgendwann jemand fragen könnte, warum er .. statt ... schrieb. Und ja, ihm war auch klar, dass er ganz bewusst darauf verzichtete, vom Schreibbild und Zeichensetzung her jeden Dialog gleich zu machen und Tempusänderungen in ein und demselben Abschnitt/Kapitel durchaus kritisiert werden könnten. Falls Sie sich fragen, warum er es dennoch tat... denken Sie darüber nach und entdecken Sie eine andere Welt.

Leben ohne Luft

Nathanael Merten
© 2015

**Der Anfang des noch nicht erschienenen
Buches zum Probelesen:**

Es ist das Jahr 2048. Die Welt hat sich sehr verändert und wir ernten das, was vor ca. 200 Jahren durch die Industrialisierung gesät wurde.

Die Luft wurde immer toxischer. Im Jahr 2025 gab es bereits die ersten hermetisch abgeriegelten Häuser und Wohnblöcke. Man passierte nach der Haustür eine Schleuse und atmete von da an nur noch gereinigte Luft. Ein großes Geschäft wurde mit der reinen Luft gewittert und so gab es nicht nur immer mehr Reiche, die ihre Häuser umrüsten ließen, sondern auch eine auf 10 Jahre angelegte Studie mit 10.000 Teilnehmern, die kostenlos Reinwohnungen bewohnen durften, wenn sie im Gegenzug dazu ihre Gesundheit regelmäßig untersuchen lassen würden, damit man feststellen konnte, wie groß der Nutzen der Reinluft war. Von den 10.000 bezahlte man 1.000 zusätzlich dafür, auch draußen und in jeglicher Umgebung mit einem Reinluftanzug herumzulaufen, damit sie keinerlei natürlicher, toxischer Luft mehr ausgesetzt wären.

Schon in den ersten Jahren nach 2025 zeichnete sich ab, dass die normale Luft nicht länger ohne Folgen blieb. Lungenkrebs nahm immer mehr zu und überholte sogar Brust- und Prostatakrebs, was die Häufigkeit betraf. Allergien und Asthma wurden ebenfalls in einem erschreckenden Maße alltäglich. Die Studien belegten, dass Reinluftwohnungen die Krebs- und Lungenerkrankungsraten um 50% senkten und Reinanzüge kombiniert mit den Reinwohnungen um 80%. Es war klar, dass in den Folgejahren jeder, der es sich irgendwie leisten oder finanzieren konnte, in eine Reinwohnung zog. Häuserblöckeweise wurde umgebaut: Die Bewohner zahlten alle einen Anteil und die, die nicht zahlen konnten oder nicht zahlen wollten mussten ausziehen. 2035 lag der Anteil der Reinwohnungen bei 2%. 2040 bereits bei 40% und 2045 - nur zwanzig Jahre nach den ersten Testhäusern - bereits bei 90%. Zumindest in unserem Land. Die, die bei diesem Fortschritt nicht mit dabei waren, waren meistens arme, alte Leute, die keinen Kredit mehr bekamen oder innerlich bereits mit ihrem Leben abgeschlossen hatten, als dass sie noch so eine große Menge Geld hätten investieren wollen. Es gab mehrere große Konzerne, die die Um- und Neubauten für Reinwohnungen vollzogen. Sie waren nun die großen Spieler der Wirtschaft. Google, Apple und Microsoft waren sie innerhalb von 20 Jahren ebenbürtig geworden. Als angebliches Zeichen von Menschlichkeit boten sie lange Finanzierungen zu einem niedrigen Zinssatz an, wenn jemand eine Reinwohnung haben wollte, sie sich aber nicht leisten konnte. Und es war eigentlich jeder, der eine haben wollte. Wer wollte schon früh sterben? Wer wollte vom Krebs dahingerafft werden?

Achja, die anderen. Natürlich erzähle ich das alles hier aus einem Industrieland. Hier hat fast jeder eine Reinwohnung. Wie Sie sich denken können, sieht es in der Dritten Welt und den Schwellenländern anders aus. Paradoxerweise haben diese ärmeren Länder dafür gesorgt, dass die Bewohner der Industriestaaten so investitionsfreudig wurden. In armen Ländern Afrikas, Südamerikas, des Nahen und Fernen Ostens sank die Lebenserwartung drastisch. Früher raffte dort der Hunger viele Menschen dahin, heute ist es die Luft. Alle Bewohner dieser Länder zusammengenommen haben nun eine durchschnittliche Lebenserwartung von 35 Jahren.

Natürlich war es nicht anders zu erwarten, dass auch das Trinkwasser und die Nahrung toxisch wurde. Parallel zu den 2025 gestarteten Reinluftprojekten, begann man mit der Arbeit, das Trinkwasser immer akribischer zu filtern, um es als Krankheitsursache auszuschließen. Nahrung auf dem Feld anzubauen oder Vieh im Stall und unter freiem Himmel aufzuziehen wurde ebenfalls zunehmend zum Risiko. Riesige Gewächshäuser mit gereinigter Luft, gereinigter Erde und gereinigtem Wasser waren die Lösung. Auch Vieh wurde immer mehr unter gefilterten Bedingungen gehalten. Wenn man sich den Nahrungsmittelanteil ab 2025 zwischen „rein" und "natürlich" anschaut, so ist es wieder das gleiche Bild: Der Anteil der „reinen" Nahrungsmittel stieg bis 2045 auf über 90%. Es war eines Tages etwas für Arme und die, die nichts mehr zu verlieren hatten, sich die toxischen „natürlichen" Nahrungsmittel zu kaufen. Aber jeder, der älter als 35 werden wollte, stieg um. Konzerne rieben sich auch hier wieder die Hände. Die natürlich erzeugte Nahrung erreichte

Spottpreise - einfach aufgrund dessen, weil sie niemand mehr wollte und sie so viel billiger zu produzieren war als die Reinnahrung.

Können Sie es sich vorstellen, wie es ist, nur noch sehr selten an die freie Luft zu gehen? Wie es ist, nie das Fenster zu kippen? Wir haben uns daran gewöhnt. Es ist notwendig geworden, um zu leben.

April 2048, Wieburgstadt

Silas ging die Straße von der Arbeit entlang nach Hause. Auf der Nase hatte er eine Sonnenbrille, obwohl er einen Schutzanzug trug. Er musste nur immer aufpassen, dass der Helm nicht die Sonnenbrille streifte, wenn er sich zum Nachhausegehen fertig macht.

Er mochte es, wenn ihm die Sonne ins Gesicht schien. Wie warm sie war. Es musste herrlich gewesen sein, als man früher ohne Schutzanzug durch die Sonne schlendern konnte. Hin und wieder macht auch er es. Aber der schwere Atem und die schmerzende Lunge danach sagten ihm, dass dies in seinem Leben wohl ein seltener „Luxus" bleiben musste. Früher hatten die Menschen oft kleine Atemmasken dabei und keinen ganzen Anzug. Doch mittlerweile war dies auch nicht mehr empfehlenswert – nach 15–20 Minuten an der natürlichen Luft fing die Haut zu jucken an. Wer lange Zeit draußen war, kam oftmals mit blutiger Haut nach Hause. Da die Haut fast nur noch Reinluft gewohnt war, war sie viel zu empfindlich für die natürliche Luft geworden. Und die Menschen, die sich keine Reinwohnungen leisten konnten, hatten zumindest Atemgeräte. Der Staat gab sie kostenlos aus. Es hatte etwas Bitteres, die letzten Menschen ohne Reinwohnungen beim Sterben zuzusehen. Oft dachte sich Silas, dass eine Reinwohnung doch eigentlich ein Grundrecht sein sollte.

Silas ging die Straße weiter entlang. Es war eine Siedlungsstraße. Autos standen friedlich am Straßenrand, während die Sonne auch auf sie schien. Für ihn war es heute ein guter Tag. Die Arbeit war angenehm gewesen und er freute sich über die Sonne. Silas bog in die Straße seines Wohnblockes ein. Er hielt seinen Chip an den Türöffner und ließ sein Auge scannen. Die hermetische Tür, Hermtür genannt, rauschte blitzschnell zur Seite, Silas ging durch, und ebenso schnell schloss sie sich wieder. Die Dekontamination dauerte 5 Sekunden, danach ging er durch die zweite Hermtür und stieg die Treppen bis zu seiner Wohnungstür hinauf. Währenddessen nahm er den Schutzhelm ab. Er fuhr sich durch das leicht verschwitzte Haar. Das dunkle Treppenhaus gefiel ihm nicht, wo doch draußen die Sonne schien. Er fasste den Entschluss sich sofort vor das Fenster zu setzen, wenn er drinnen sein würde. Dort schien die Sonne immer hin, wenn keine Wolken am Himmel waren.

April 2048, Chitua

Bahati träumte in der Hütte ihres Vaters vor sich hin. Auf dem Markt hatte sie ein britisches Promimagazin fast geschenkt bekommen. Die Bilder darin waren so schön. Manche reiche Europäer oder Amerikaner hatten Reinhäuser mit eigenem Pool. Die mussten sich um nichts Sorgen machen. Ja sie mussten noch nicht mal arbeiten. Und sie wurden steinalt! Irgendwie war es ungerecht, aber was sollte sie schon machen.

„Bahati?!", rief eine vertraute Stimme von draußen.
„Inratur?!", rief sie zurück.
„Komm doch mal raus!"
„Na gut."

Bahati hörte auf zu träumen und ging nach draußen. Sie machte die Hüttentür auf und die Sonne brannte ihr ins Gesicht.

„Na wie geht's dir?", fragte Inratur sie.
Sie sah ihn genau an. Sein ganzes hellbraunes Gesicht war an jeder Pore ganz leicht mit Blut benetzt.

„Ist es schlimmer geworden? Du bist ja ganz rot", sagte sie zurück, ohne auf seine Frage einzugehen.

„Ach das geht schon. Der Chef hat uns heute sowieso gesagt, dass es nächste Woche wieder die Schutzcreme für die Haut gibt."

„Na gut", antwortete Bahati leicht seufzend und umarmte Inratur. Sie mochte seine Nähe. Sie mochte ihn. Vielleicht waren sie sogar ineinander verliebt.

April 2048, Wieburgstadt

Liam hasste diese Stadt und das Land und die ganze Welt. Alle zusammen waren sie es, die den Planeten verseucht haben. Und er war wohl einer der letzten, der das Spiel nicht mitspielen wollte. Er wollte in dieser Welt nicht 80 oder 90 oder 100 werden. Gefangen in Reinwohnungen und Schutzanzügen. Er wollte nicht jahrzehntelang leben während so vielen Menschen auf der Welt nicht einmal ihre Kinder aufwachsen sehen konnten. Wahrscheinlich hasste er sich sogar selbst dafür, dass er nicht wie die anderen einfach ein normales Leben führen wollte.